西藏盲童之光
五洲传播出版社

目　录

序

这是一个感动人心的故事。

因为信念：一位12岁完全失明的德国姑娘，在盲人学校学会了骑马、滑雪、划船。高中毕业后，考上波恩大学，在学习英语、计算机、历史和文学的同时，依靠电脑听音分析器学会了藏文。学习藏文时，她发现藏文还没有盲文，于是在世界上第一个开发出藏文盲文。

因为向往：这位姑娘27岁时只身到西藏旅行，她骑马穿行西藏各地，用心灵感受高山、雪域、阳光、藏文化，并且，她决定留下来在拉萨开办盲童学校。

因为热爱：她实现了自己的愿望。建立盲人创办的盲童学校，教孩子们汉语、英语和藏文盲文，教他们自尊、自爱、自信、自强和感恩的生活理念，并且，让盲人管理盲人学校的相关工作。

走进这所盲童学校，看到这些天真无邪盲童们灿烂的笑脸，欢快的生活，听到他们纯净的歌声，我被深深地触动。过去读海伦·凯勒《假如给我三天光明》曾有同样的感动，但那仅仅是一个人的奋斗经历，现在，却是一个群体在爱心哺育下，以更加生动直接的方式，用奋斗改变命运，演绎着光明、希望、爱心、信念的升华。

西藏对盲童事业给予极大关注，在一次国际助残日活动期间，时任中共西藏自治区党委常务副书记、自治区人大主任热地亲自了解盲童学校的办学情况，给他们以信心和鼓舞。

盲校的孩子们，因为失去视力，他们无法看到五彩缤纷的世界，但他们的心灵感受或许更加细腻。天地无私，人间有爱，国际国内、社会各界爱心人士的善举，抚慰着这些孩子们先天残疾的创伤，带给他们自强不息的希望。盲童们坚信只要拥有生活目标，盲人同样可以做很多事。于是人的潜能被一步步挖掘出来，悲观压抑的情绪被进取开放的信心所取代，这是爱心的魔力，信念的魔力，闪耀着人性中最美好的纯洁的光辉。

西藏文联的车刚同志10多年来，为西藏盲童们奉献了一片诚挚爱心。是他把我带进了盲校，他说，能走进盲童生活是他的运气，对此，我感同身受。和盲童们在一起的经历令人终身难忘，很多人讲是一次心灵洗礼的历程，在不知不觉间让浮躁减退，心态平和沉稳。诚如王石所言，在这些开朗、自信、感恩的盲童面前，我们从他们身上得到的更多，在相当意义上，我们是被给予者。

中国正在实现人类社会有史以来最快的发展，在物质财富迅速增加同时，我们的精神世界亟须同样得到丰富。一滴水可以反映整个太阳的光辉，许许多多的人为盲童事业奉献了大爱无私的善举，他们共同展现了人类社会的爱心，展现了中华民族善良的天性。我执着地坚信，在和谐社会的天空下，无论是给予者还是被给予者，每一个人都将因日益增多的爱心善举而生活在更加美好的世界上。

沈开运

2011年4月29日

她是国际女性俱乐部“诺格奖章”的获得者；她是德国政府“邦比文化奖章”的获得者；她是中国政府颁发的“国际友谊奖”的获得者；她是2009年“感动中国十大人物”奖的获得者；她是“盲文无国界”组织的创始人；她是西藏盲童学校的创办人；她是藏语盲文的发明者。

生活中，她的脸上永远洋溢着笑容，不管是工作中，还是和孩子们一起玩耍时都是这样。看着她的笑容，每个人都会被感染，你也会跟着一起笑。

她就是萨布利亚·坦贝肯（Sabriye Tenberken），一位来自德国的盲人。

萨布利亚总是说：“你们别以为创办西藏盲童学校是我一个人的功劳，这是中国西藏当地政府大力支持的结果，也是由像保罗、旺青格烈、车刚、王石、周建松、阿妈卓玛益西啦、次仁玉珍、援藏基金会等等社会上的好心人和社会团体共同努力的结果，没有大家的共同努力，就没有今天的西藏盲童学校，我只是发起人而已。”

萨布利亚

——黑暗中的她为西藏盲童带来光明

萨布利亚发明了藏盲文，创办了西藏盲童学校和盲文无国界组织。

1970年出生于德国，考入波恩大学研修藏学、蒙学，“盲文无国界”组织的创始人，西藏盲童学校创办人，藏语盲文的发明人。

萨布利亚、保罗和盲童学校的孩子们在一起。

盲人和正常人一样也能做很多事

萨布利亚1970年出生于德国波恩附近的一个小镇，在她两岁的时候就被诊断出患有色素性视网膜病变，而且病情将会随着年龄的增长不可阻挡地恶化。于是，父母在她很小的时候就尽可能地带她到处旅游并有意识地让她多看一些照片。萨布利亚说，直到现在，那些山川、阳光和色彩还会偶尔出现在她的梦里，模模糊糊地好像被水浸湿了一样。

12岁那年，萨布利亚完全失去了视力，年幼的她在经历了一段痛苦和艰难的时光后，接受了自己永远也不能再看见世界的现实，同时也诞生了一个失去了视力并不意味着失去了一切的信念。

随后，萨布利亚上了一所专门的盲人学校，常规课程之外，她还学会了骑马、滑雪、划船。高中毕业以后，萨布利亚顺利地考上了德国波恩大学，她在大学里学习了英语、计算机、历史和文学，并且在研习中亚学时，依靠电脑听音分析器专门学习了藏文。萨布利亚坚信盲人和正常人一样也能做很多事，而这也是她在1997年只身来到拉萨旅游的原因。

“我一直很向往西藏，常常想象骑着马在西藏的大草原上飞驰的感觉。”萨布利亚说。

在波恩大学依靠电脑听音分析器学习藏文时，她发现藏文还没有盲文，便借鉴其他语种盲文的开发经验，在世界上第一个开发出藏语盲文。

1997年，萨布利亚只身到西藏旅行。她骑马穿越西藏各地，发现这里的盲童少有接受教育的机会，便萌生了创办西藏盲童学校的想法。

她喜欢这座沉浸在历史和信仰中的圣城，即使看不见，她也能感受到这里绵延的雪山、清冽的空气、闪耀着金光的寺庙和那些三步一叩向大昭寺缓缓前行的信徒。在其跻身德国畅销书排行榜的著作《我的道路通往西藏》中，她记述说，拉萨是一个又热闹又空旷的城市。

而她的儿童读物《塔序的新世界一位盲童告诉我们的西藏》的德文版出版时，每售出一本书，她就向“西藏盲人中心促进协会”捐赠1马克。她还通过演讲和阅读挣钱捐赠给各种慈善机构。

西藏有着令人羡慕的耀眼阳光，但强烈的阳光也使这里眼病的发病率很高，上世纪90年代末期，人口仅240万的西藏约有1万名视障者。萨布利亚在拉萨旅游时听到这样一个说法：在当地人的信仰里，盲人是因为前世造孽而在今世受到神的惩罚，恶魔的灵魂住进了身体夺走了光明。因此盲人在当地象征着一种厄运，有的在生下时就被溺毙，而活下来的，也

关爱

在周围人的冷漠和歧视中体会不到一点做人的尊严。

萨布利亚决定留下来，为这里的盲人做点什么。

萨布利亚的第一个追随者保罗

萨布利亚和保罗（Paul Kronenberg）的相识很有戏剧性。

在拉萨的一家名叫巴朗学的旅馆里，萨布利亚结识了之前在非洲救助儿童的保罗。萨布利亚告诉保罗，她要在西藏办一所盲童学校，保罗回答说：“如果你筹到资金的话，我愿意立刻加入。”

“我很感激保罗，他是第一个相信并支持我能创办盲童学校的人。”萨布利亚说。

后来，经过长期接触，萨布利亚和保罗相恋了，并最终结为夫妻。

在西藏旅游时，萨布利亚的一位刚认识的朋友也很喜欢保罗，还曾经请萨布利亚当红娘。当时萨布利亚觉得保罗很不错，但她并没有言明自己喜欢他。回到家里，她把在西藏拍的照片给家人看，家人问她那个金发的小伙子是谁，萨布利亚一下子愣住了，“在我的心里，我一直认为保罗是黑头发的小伙子，当时我没问，保罗也没有说，没想到他是一位金发的小伙子。”萨布利亚笑着说。

1998年，萨布利亚的盲童学校终于得到了德国政府的赞助。在飞往西藏之前，萨布利亚给保罗打电话：“我有资金了，我要到西藏去办盲童学校。”“当时保罗沉默着没说话，我心里很失望，其实我是很希望他能和我一起去的。”萨布利亚说，“没想到沉默过后，保罗

行走在高原

保罗和扎西在一起

说：‘那好，等我办理一下辞职手续。’你不知道我有多高兴，保罗信守了他的诺言，为我的梦想放弃了他那份待遇优厚的工作，我知道这是一个不错的开始。”

萨布利亚的丈夫保罗，拥有机械工程、计算机科学、通信系统科学和商业技术等4个学位，曾在荷兰参特帕克公司从事计算机软件开发和数据库维护等服务项目。保罗曾参与过荷兰在西南非洲的援助项目，包括在津巴布韦、博茨瓦纳、赞比亚等国建立乡村小学，以及在南非等国设计、建造医院和居民房。

在非洲他深受震撼，因为孩子们总是在死掉。“因而我意识到自己非常幸运。”他说。如今他反复强调，自己在西藏的行为完全是为了“Happy”。

“这不是付出，而是快乐。我是为了开心而从事这个工作，我从中获得了很多。我喜欢起床时看到孩子们的笑脸，听到‘谢谢’，那是给我的回报。”令保罗最开心的是，世界各地的人们来此探访，他们原本认为残疾人什么都做不了，结果却大开眼界。

骑马的萨布利亚

“我从事这个工作是为了萨布利亚，盲童们的命运是我与她结婚的理由之一，因我们俩志同道合。”保罗说，“而且我相信她一定能够成功。”

现在，保罗随时关注着西藏盲童学校，他像学校的一家之长，不管是在拉萨，还是在国外，吉啦等学校的日常管理者都会通过电子邮件向保罗汇报工作。

自尊、自爱、自信、感恩是萨布利亚交给孩子们的生活理念

学校成立之初，只有6个盲童，这些孩子都是萨布利亚和她的朋友们骑着马走村串户好话说尽才动员来的。

萨布利亚努力让她的学生们建立自信，就如同自己失明时所表现出来的那种难以置信的坚强一样。“鼓舞对孩子们很重要，”萨布利亚说，“而且我相信他们很快乐。”

在过去10多年的时间里，萨布利亚经常在西藏各地寻访盲童，带回学校进行教育，“不过现在好多了，随着学校的名气越来越大，很多家住偏远山区农牧区的孩子都会被家人或者朋友送到学校来。”萨布利亚开心地说。

现在除了年龄太小的幼童之外，孩子们大都可以读、写、使用盲文打字机和盲人电脑。他们甚至以尝试别人不相信他们可以尝试的东西为乐，比如推着车子快跑、踢毽子，甚至于爬树和踢足球。从西藏盲童学校走出来的第一批学生成了西藏历史上第一批能够阅读的盲人。

在这里，孩子们不仅学会了盲文，更懂得尊严，懂得了双目失明并不是自己的错，那是基因、疾病或意外所致，而不是报应，不是被恶魔的灵魂住进了身体。

2000年11月，萨布利亚与西藏残联合

萨布利亚和保罗在校园里

每次回到拉萨的第一顿饭，萨布利亚和保罗都吃得非常开心。

作，相继开设了一所盲童预备培训中心、一家盲文书籍印刷厂、一个盲人自我综合中心和一座职业培训农场。到目前为止，先后有100名盲童在这里接受了日常生活技能培训和藏、汉、英三种语言的盲文基础教育，以及按摩、电脑、手工编织、奶酪制作、美术等职业技能培训。一般经过两年的专门培训，这些孩子都可以进入常规学校学习。一些盲童转入常规学校后，成绩非常优秀。

为激发孩子们的潜能，2004年萨布利亚邀请第一个登上珠穆朗玛峰的盲人埃里克·威亨梅尔(Eric Weihenmayer)和他的登山团队来西藏指导盲童们向喜马拉雅山脉一座海拔7000余米的高峰发起挑战。经过精心准备，萨布利亚夫妇和6名盲童在埃里克的带领下成功攀登至海拔6500米的高度。这一次的“壮举”并非心血来潮，萨布利亚是要通过这次登山活动让这些孩子们明白，只要拥有人生目标，我们不仅可以做很多事，还可以做一些甚至正常人都完成不了的事情。萨布利亚用自己的努力和行动，让原本生活在黑暗中的自己和这些孩子们“看”到了多彩的世界。

萨布利亚和保罗每次回到校园时的情景

海伦·凯勒在那本著名的《假如给我三天光明》里说道："人们的眼睛之所以看不到这壮美的奇观，是因为这景象对他们来说太熟悉了。"这位坚强的失明女人，教会了无数看得见的人们，学会珍惜身边的一点一滴，珍惜生命里的每一段美好时光，每一个关爱自己的人，甚至每一点微小的伤痛。

所以，西藏盲童学校的孩子们除了自尊、自爱、自信，他们还都懂得感恩，感恩是西藏盲童学校重要的教育宗旨之一。

离别的伤感和相聚的欢欣让盲校充满着温情

萨布利亚和保罗并不是随时在西藏盲童学校。现在，西藏盲童学校运转良好，他们在学校的时候就更少了，很多时候，边雄乡盲童学校的负责人阿珍和西藏盲童学校的负责人吉啦都是通过电子邮件向萨布利亚和保罗汇报工作。

多年的相处，孩子们早已把萨布利亚和保罗当成了自己的妈妈和爸爸。

每次回来，萨布利亚和保罗就像回家一样，而学校的老师和孩子更是觉得是自己亲人回来了。

每次听说他俩要回来了，孩子们都会兴奋得连课都上不好，老师们也都期盼着，他们会早早地准备好哈达，等待着。

与盲人触摸是最好的交流方式。

等待的滋味是难熬的，但也是甜蜜的。

直到萨布利亚和保罗的身影出现在学校的小院里，这里便一下子热闹起来。大一点的孩子会抢先把"爸妈"的行李提到房间去，而萨布利亚和保罗会不顾高原反应，挨个和老师及孩子们拥抱，大家都说着一句话："How are you"。很多时候，孩子们会抱着他们不松手，萨布利亚和保罗都会耐心地拍着孩子们的后背，慢慢地等着他们放开手。

萨布利亚和保罗，他俩的脸上永远充满着阳光般的微笑。

每次相聚时，都会有新成员加入，萨布利亚和保罗会抱起新入学的孩子聊一会儿，“你好，欢迎你来学校。”这时候他们会用汉语和孩子们打招呼。这种欢聚的仪式要持续很久，大门到他们的房间只有十几米的路，但他们半个小时也走不到自己的房间。

相聚是开心的，离别却是伤感的。

每次萨布利亚和保罗要走时，是孩子们最伤感的时刻，他们拉着萨布利亚和保罗的手舍不得放，孩子们的眼睛无法表达不舍，但他们却把留恋之情淋漓尽致地写在脸上，那表情传染到萨布利亚和保罗的脸上，他们的表情也写满了不舍。

不管是欢聚还是离别，欢喜和伤感的氛围都一样充满温情。

奖项是对萨布利亚付出的最大肯定

萨布利亚引领着失去光明的孩子重新认识了自我、找回自信的同时，她也在实现着自己的人生价值。

我们每个人都是给予者，但同时，我们每个人又都是被给予者。是爱和梦想创造了这两者之间的平衡。人类的幸福或许就在这两者的转变之间，因此萨布利亚才会说：“帮助这些盲童，不是付出，而是快乐。”

2000年3月8日，萨布利亚·坦贝肯获得国际女性俱乐部(International Women's Club)所颁发的“诺格奖章(Elisabeth Norgall Award)”。同年，她获得德国政府邦比文化奖章(Charity Bambi Award Of German Media)，这一奖项颁发给全球范围内各行各业的有所作为者，代表德国政府给予的最高荣誉。

2000年8月，荷兰驻华大使贺飞烈赶到拉萨，代表荷兰女王授予萨布利亚夫妇二人爵士勋章（Zilveren Jandaia）。

2006年，因她为西藏盲人的教育和康复事业做出了巨大贡献，获得当年中国政府颁发的“国际友谊奖”。

2009年，她获得“感动中国十大人物”奖，评委会给出的颁奖词是：她看不到世界，偏要给盲人开创一个新的世界。她从地球的另一边来，为一群不相干的孩子而来。不祈祷神灵，可全凭心血付出，她带来了光。她的双眼如此明亮，健全的人也能从中找到方向。

萨布利亚和保罗在国外获奖的情景

感动中国推选委员会委员涂光晋这样评价她：她是当代的普罗米修斯，虽然自己看不到光亮，却给远在异国他乡的西藏盲童带来了光明与希望。

感动中国推选委员会委员王振耀说：她让我们看到了现代的白求恩！一个外国盲人能够直接感受到藏族盲童的需求，这需要一种高尚的人道精神，更需要一种博爱的慈善情怀！

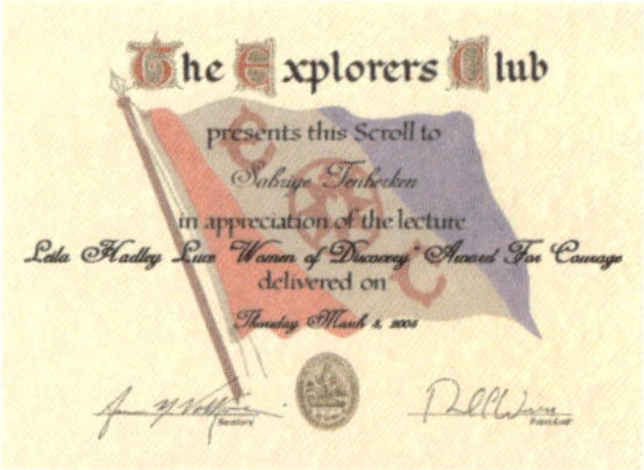

LE PRIX ALBERT SCHWEITZER

Sabriye Tenberken et à Paul Kronenberg

VERLEIHUNGSURKUNDE

IN ANERKENNUNG DER UM VOLK UND STAAT ERWORBENEN

BESONDEREN VERDIENSTE

VERLEIHE ICH

FRAU SABRIYE TENBERKEN

LHASA

DAS VERDIENSTKREUZ

AM BANDE

DES VERDIENSTORDENS DER BUNDESREPUBLIK DEUTSCHLAND

BERLIN, DEN 4. OKTOBER 2005

DER BUNDESPRÄSIDENT

佩戴爵士勋章（荷兰）的萨布利亚和保罗

萨布利亚说："我是失明了，但我可以向世界证明，我并不因此而失去价值。"

让盲人从事盲人事业的管理工作

保罗曾经说："我梦想着和萨布利亚去印度，在那里我们会修建一所漂亮的房子，自己装修，连家具都自己设计。"紧接着，萨布利亚补充道："那前提一定是得找到合适的继任者才行。"

现在保罗和萨布利亚的这个梦想也实现了，在印度的盲人培训管理学校已经开始运转，来自世界各地的盲人在那里可以学习盲人学校的管理工作。西藏盲童学校现在的管理者吉啦、尼玛旺堆、坚赞就是在那个学校学习的管理，目前已经走上了西藏盲童学校的管理工作岗位。让盲人管理盲人事业的相关工作，这是萨布利亚创办盲童学校和培养盲人管理人才的初衷。相信在西藏，会有更多的吉啦、尼玛旺堆挑起盲人事业的大梁。

西藏盲童学校的学生都有一个共同的感受——萨布利亚为他们的生活打开了一扇崭新的大门，给了他们一个崭新的世界，也等于给了他们第二次生命。从萨布利亚那里，他们获得了生活的自信和勇气。他们希望自己能够像正常人一样为社会做贡献，而不是成为社会的一个包袱，更希望能够建立更多的盲人学校，让更多的盲人有机会接受教育。

这是萨布利亚的成功，因为她相信，梦想真的能够让无边的黑暗变成一个多彩的世界。

萨布利亚和保罗在盲校办公室里

这是一所学校，一所特殊的学校。说它特殊，是因为这里只接收盲童孩子，一切费用全免；说它特殊，是因为这所学校的创办人也是一个盲人，一个外国盲人，是她发明了藏语盲文，是她把零散分布在西藏各地的盲童一个个找到学校，教他们汉语、英语、藏语盲文，教他们按摩技术，教他们乐观开朗自信地面对人生。这所学校的创办，改变了西藏盲童的生存状况和命运，推动了西藏盲人事业的发展，也掀开了西藏盲人事业的新篇章……

盲　校

——掀开西藏盲人事业新篇章

盲校合影（1999年）

西藏盲童学校位于拉萨市江苏路拉萨妇幼保健院旁的小巷朗顿巷10号院内。西藏和平解放之前，这里是贵族朗顿家族的院落，而如今已成了西藏盲童们的天堂。

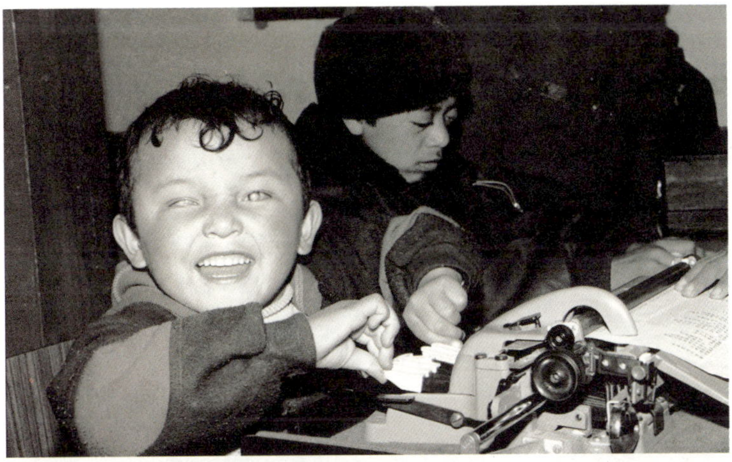

盲校第一批学员的学习场景（1998年）

西藏自和平解放以来，经过民主改革，特别是改革开放后，社会面貌发生巨大变化，人民生活水平得到很大提高。正是在这种背景下，1997年，萨布利亚来到西藏旅游，她得知西藏还没有专门的供盲人学习知识和技能的学校，而盲童们迫切需要得到正规的教育和技能培训。于是，萨布利亚决定在西藏创办一所盲人培训机构。

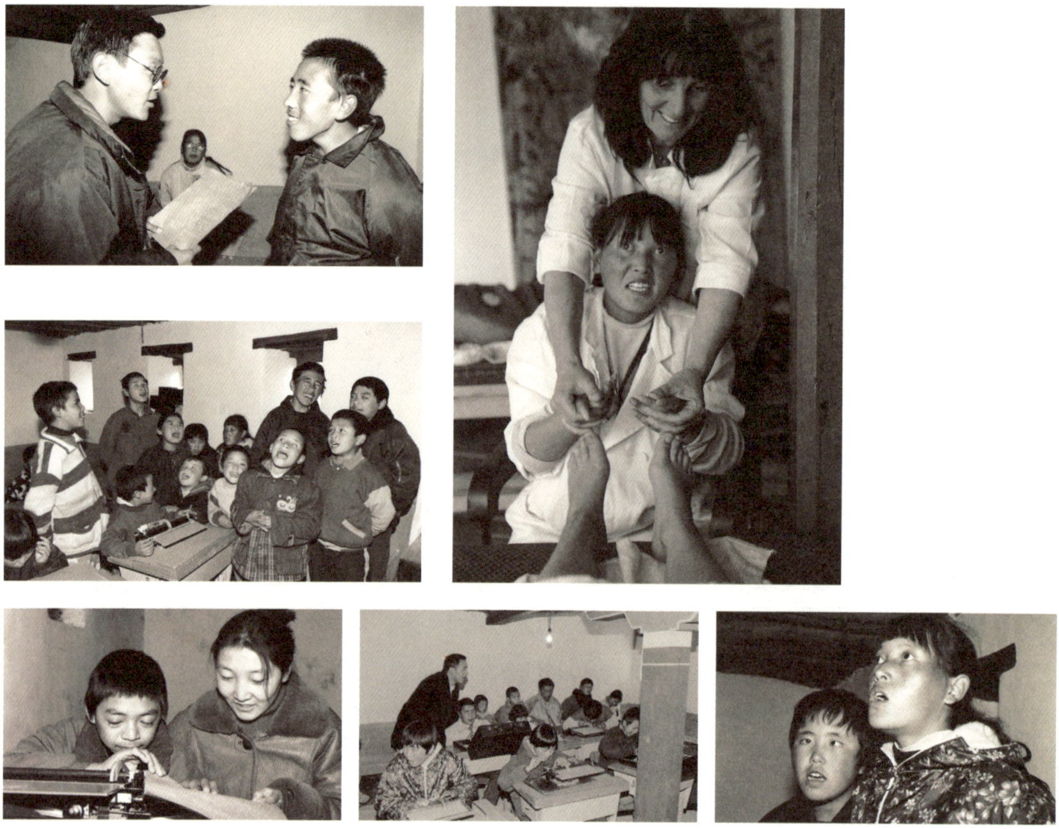

盲校第一批学员的学习场景（1998年）

经过艰难的筹备，萨布利亚和她的爱人保罗共同创办的西藏盲童学校于1998年成立了。萨布利亚作为世界“盲文无国界组织”的创始人，她为西藏盲童学校的建立、发展倾注了极大的爱心和努力。

盲校成立之初，由于缺乏认识，社会对盲人学习知识和技能还很陌生，都觉得盲人就是废人，需要家人照顾才能生存。因此，不少人不相信盲人能够学习，盲童家长们也不相信学校还会包吃包住不收任何费用。所以学校虽然成立了，但生源却成了问题。于是萨布利亚就骑着马到各地去寻找学生，还要费力地向盲童的家长解释动员。

时任西藏自治区党委常务副书记、自治区人大　主任热地（右一）、
自治区党委副书记、政府主席列确（右二）在国际助残日上亲切看望
萨布利亚和保罗，并亲自体验藏语盲文。

萨布利亚的实际行动和西藏盲童学校建成后的办学宗旨逐渐打消了盲童家长的顾虑，因为孩子们在这里不仅可以学到汉语、藏语盲文和英语，还能学习按摩技术等生存技能，最重要的是孩子们变了，变得开朗了、自信了，而且对自己的未来充满了信心。孩子们的变化让盲童家长无比欣慰，使西藏盲人事业迎来了新的春天。

盲校成立不久，在一次国际助残日活动期间，时任西藏自治区党委常务副书记、自治区人大常委会主任的热地来到活动现场，专门到盲校展台关切地询问办学情况，亲手摸着藏盲文了解孩子们的学习情况，这给萨布利亚和盲校的孩了们以极大的鼓舞。

长期以来，萨布利亚用她开放式的教育理念教导孩子们要敢想敢做，任何想法在这里都会得到鼓励，从没有人因想法奇异或不切实际而遭到嘲笑。有一个叫罗布的孩子，他的理想是当一名出租车司机，这在常人看来是办不到的事，但萨布利亚却鼓励他说：“罗布，你的想法很好，但我们盲人由于视力障碍是不能开出租车的，但如果你学好本领，可以管理一家出租车公司，让更多的人来帮助你开出租车。”

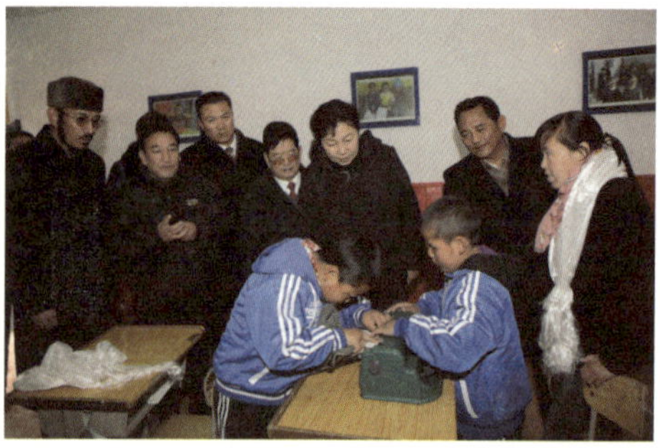

西藏盲校得到了自治区政府各级领导及社会各界的大力支持

上：时任自治区党委副书记丹增与萨布利亚亲切握手

中：2011年自治区慰问总团看望盲校师生

下：西藏军区副司令、西藏军区总医院院长李素芝将军把盲童们的健康时刻挂在心上，多次带领医疗队到盲校义诊。

萨布利亚的丈夫保罗鼓励这些孩子们画画，让对没有颜色概念的人画画，这对常人来说是不可想象的，但保罗鼓励他们说“你们都是毕加索”。

让盲人从事颜色复杂的编织技艺，这也是萨布利亚的主意，连学校老师都无法理解，但萨布利亚让老师帮助孩子们把不同的颜色缠成不同的形状，孩子们学习得很认真。现在，在日喀则边雄乡盲童学校里，盲童们编织的手工艺品成了学校的一大卖点。

很多到过盲童学校的爱心人士看到开朗活泼而又自信的盲童们，大家都有着和万科集团董事长王石一样的感受：我们是被给予者，我们从他们身上得到的更多，如果我们处于他们的境地，我们会这样乐观地面对生活吗？……

多年来，萨布利亚选派不少学生到英国、美国、德国、荷兰、印度、新加坡、马来西亚、日本等国学习英语和先进的管理经验，让孩子们增长了见识，开阔了眼界，锻炼了胆量，学到了不少有用的东西。

目前，西藏盲童学校的第一批学员已经走向社会，成为对社会有用的人才。很多孩子自主创业挣钱养家，成了家里的顶梁柱。

占地300多亩的日喀则边雄乡盲童学校是西藏盲童学校的分校，已有9年校龄，坐落在雅鲁藏布江南岸，距日喀则市区不到20公里。该校自2002年成立到现在，共有教职工23人，盲人学员57人，分别来自西藏各地区

西藏盲校的孩子走出校园，亲近自然。

的乡村，其年龄结构为14至33岁不等。为此，学校把学生入学的前6个月至1年定为适应期，安排专人把学校的基本情况、现开设的培训科目等向学员进行详细介绍，最后让学员自己选择感兴趣的专业进行学习，这样有助于他们在较短的时间内学到一技之长。

日喀则边雄乡盲童学校主要对盲童进行盲文、英语、藏文等的教学。后来，根据实际情况，考虑到少年或大龄盲人的技能培训，在西藏自治区人民政府、自治区残联、日喀则地区相关部门及多方爱心人士对该项目的关注、支持和帮助下，学校又开设了种植业、养殖业、加工业、编织、盲文打字、音乐等培训项目。

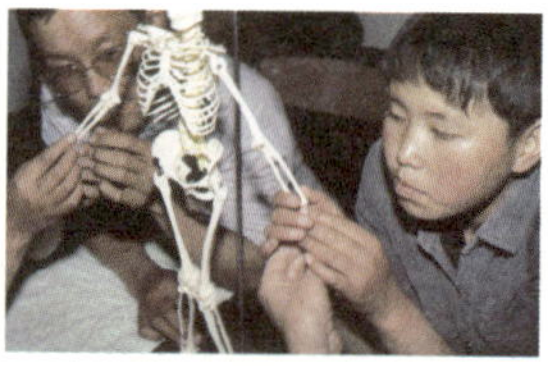

在学校建设方面，在原有的学生教室、宿舍、厨房、活动室、职工住房等设施的基础上，学校于2007年至2009年三年的时间里新修了一栋现代化无菌操作奶酪厂，奶酪厂现有两名专赴荷兰学习过奶酪制作技术的操作员；7栋专门为盲人操作方便而设计的温室，其中2栋用于种植各种花卉，5栋用于种植不同品种的蔬菜；还建了奶牛、马、猪等牲畜圈养场；为了不污染环境，有效利用各种牲畜的粪便，还建造了无机肥料生产厂，用于还田。为了改善学员的生活条件，这些完全由盲人进行操作和管理生产出来的蔬菜时常可以在学校的饭桌上看到。另外为丰富学员的饮食品种，今年还新建了面包加工坊。

“不断改善学生的生活环境”是学校一直主张的，新建的专门用于学生晒

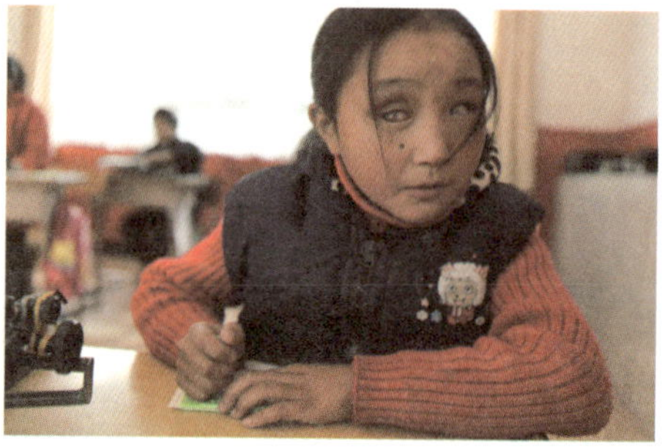

盲童们学习的场景

拉萨江苏路朗顿巷10号阳光小院，这里是盲童们的天堂。（1999年）

学生们用上了上海玉佛禅寺觉群慈爱功德会捐赠的盲文打字机，开心地笑了。

太阳的阳光室和门卫的值班室，为这些特殊的学生增添了几分温馨与安全感。

在师资结构上，日喀则地区教育局、市教育局给予了大力支持，除了学校现有的一名国外盲文专家负责给学员们教盲文和英语之外，还有边雄乡小学、日喀则市第三中学、日喀则市第一中学的老师给学员们讲授数学、藏文、汉语、英文等知识。

2009年，学校职业科目设置有织毛衣、织卡垫，牲畜饲喂、奶酪加工、花卉和蔬菜种植与管理技术，2011年还特别增加了四个新的科目，盲人保健按摩、音乐、盲文书本制造、面包加工等。在教学方面，除了有专门聘请的技术人员之外，学校还在这两年里从国内外不定期聘请长期或短期专家给学员授课，以便让学员们能及时更新知识。

学校一瞥

在日喀则地区教育局和日喀则市教育局的大力支持下，学校还将学员当中年龄较小的16名学员送到边雄乡小学和视力正常的孩子一起

学习。2007年，2名学生边雄乡中心小学毕业，后来考上了日喀则市第三中学。中学两年多的时间里，这两位盲童孩子克服重重困难，在学校200多名学生当中学习成绩名列第一名和第六名，并且每年被评为学校的三好学生。其中久美在学校举行的“新中国成立60周年大庆歌咏比赛”中还获得了第一名的好成绩。

自治区残联党组书记旺青格烈说：“萨布利亚和她创办的盲童学校，改变的不仅仅是每个盲童的一生，而是改变了西藏所有盲童的命运。”

现在，西藏盲童学校的名气越来越大，很多家长特别是农牧区的家长长途跋涉把孩子送到学校来，就连青海、四川、云南的盲童也慕名到盲校来学习。10多年来，经过西藏盲童学校培训的盲人有100多人，在校生有90多人，很多盲童都以能在西藏盲童学校学习为荣。

盲童们丰富多彩的校园生活

黑暗的世界也是多彩的，孩子们拿起画笔画出了他们心中的梦想。
西藏大学艺术系毕业的德珍在指导盲童们画画。

保罗在萨布利亚手心上描绘孩子们的画

盲童在触摸同学们的美术作品

“你们每个人都是毕加索”，这是保罗鼓励盲童们的话语。
盲童们的画真的可以和毕加索的作品媲美。

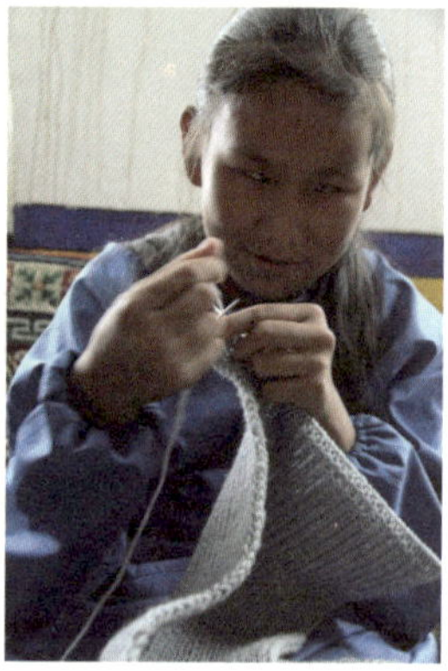

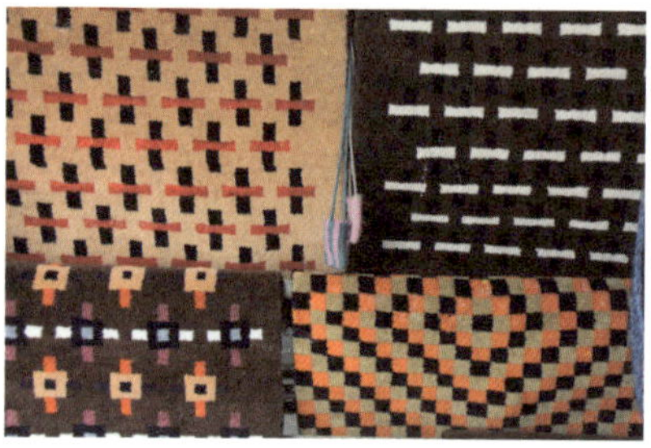

西藏盲校日喀则边雄乡分校的盲童们除了学习文化以外，
还学习编织、种植、养殖、做奶酪、烤面包等劳动技能。

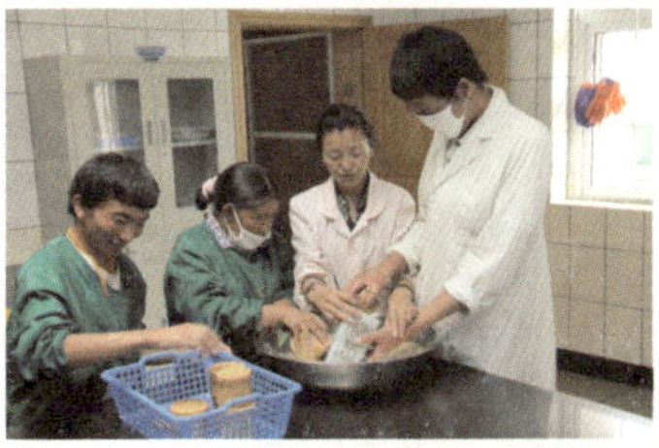

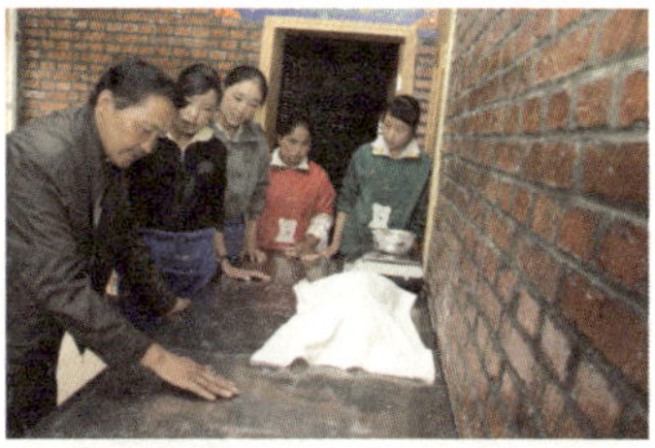

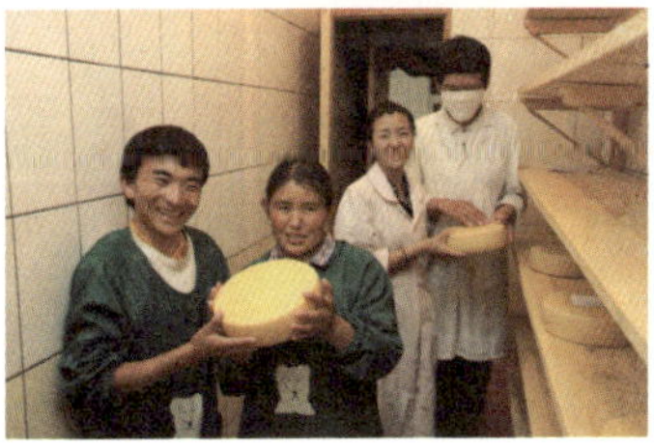

THANK YOU
TEACHER you
ARE GOOD LUCK

校园里永远充满着
亲情、欢乐和温馨。

盲童们也喜欢跳绳、踢球

盲童们很有爱心，喜欢和所有的小动物交朋友。

盲童们对所有的事物都充满了好奇

每次拍照，盲童们都笑得很开心。

这里是盲童的天堂，这里是都市的村庄，它把藏北羌塘大草原、藏东昌都、西藏的江南林芝、藏南的山南、后藏的日喀则和最西部的阿里及青海、四川、云南的盲童们聚集在一起，他们在这里快乐地生活、成长，一起汲取知识的营养。在这里，他们不再是让人看不起的另类；在这里，他们不再孤独；在这里，她们学会了感恩，彼此间成了朋友，成了相互依靠的亲人；在这里，他们一起相互搀扶、相互鼓励着面对生活，笑迎一切挑战……

吉啦、坚赞、旦增、尼玛旺堆、扎西、格桑扎西等等，他们都在按照自己的方式实现着各自的梦想……

校园、乐园

———— 这里是盲童的天堂

吉啦和久美亲如姐弟

吉啦　无助的盲童成了学校的管理者

吉啦，23岁，日喀则地区拉孜县拉孜镇人，西藏盲童学校第一批学员之一，现在是西藏盲童学校的管理者。

吉啦是不幸的，因为她从小就是低视力者，只有光感，看不清东西，和她处于同一境地的还有她的一对双胞胎哥哥，加上看不见东西的爸爸，他们被村里人称为一家有四个瞎子。

吉啦的爸爸并不是先天性失明，是结婚后才突然失明的。吉啦一家除了妈妈和姐姐视力正常，其他人都是村里人说的瞎子。

一家有这么多瞎子，这让吉啦家在村里很抬不起头，连吉啦的外婆家也很失望。为了不让自家的女儿吃苦，他们竟劝吉啦的妈妈放弃家庭，自己远走高

飞，他们的理由是一家有那么多瞎子，靠一个女人无法撑起这个家。

吉啦的妈妈没有离开这个家，她觉得孩子不管是什么样的，都是自己的孩子，她不能抛弃他们自己去享福，再说这个家离不开她，如果她离开了，真不知道他们父子几人怎么生活。

在吉啦的心目中，妈妈是最伟大的，她没有自私地抛下这个家，抛下自己的丈夫和孩子，而是坚强地撑起了这个家。

通过在盲校的学习，吉啦和哥哥发生了很大的变化。

但视力健康的姐姐在她18岁那年听从邻居们的劝告，离家出走了，她没有勇气面对家里的四个盲人，也不愿像妈妈那样劳累。她走了，再也没有回来。即使是在拉萨工作的姑姑承诺只要她回家照顾家人，一切费用都由姑姑承担，同时可以帮助她开个商店或一家甜茶馆，但姐姐依然没有回来。

因为怕兄妹三人受伤，或者被别的孩子欺负，妈妈一直不让三个孩子出自家的院门，甚至不让孩子们在家乱动。两位哥哥倒是听话，都是一直坐着不动，但吉啦是个活泼好动的女孩，趁妈妈不在家时她总是到处乱跑，这无形中锻炼了吉啦的身体协调能力。

吉啦和她的双胞胎哥哥

西藏盲童学校成立时，当时学生很少，姑姑得知消息后，就通知了远在拉孜的吉啦一家，就这样吉啦和哥哥们来到了盲校学习。当村里人听说这个学校对盲童一切免费时，竟流露出一丝羡慕，而更多的人是不相信盲人也能上学读书。

活泼好动的吉啦很快适应了学校的生活，但两位哥哥却不行，他们不能适应拉萨的气候，身体因长期缺乏锻炼，连手的协调能力都成了问题，很多事他俩都做不了。没办法，在学校待了一年，小哥俩只好回老家了。

双胞胎兄弟中的哥哥多吉一直身体不好，就在家静养，而开朗活泼的弟弟强巴却是英语、汉语、藏语都学得很好，也结交了不少好朋友。

吉啦通过学习，精通英语、汉语，藏语，她成了村里第一个能用英语和外宾交流的人。

吉啦现在已经是西藏盲童学校的管理者之一，曾经到过美国、英国、印度学习英语和管理经验，还到过加拿大和德国，在此之前，吉啦所在的村子里根本没有人出过国。

“我第一次出国前，到我们拉孜县公安局办护照时，那里的工作人员竟然不相信我自己可以出国，他们很疑惑，一个瞎子怎么能够自己出国，直到我拿出国外的邀请函，他们才相信我真的是为出国办护照来的。”吉啦无比自豪地说。

吉啦和萨布利亚亲如母女

吉啦当然为此而骄傲。因为在此之前，家乡的人有意无意地总是说吉啦兄妹是瞎子，好听一点的也是说盲人，吉啦那时还小，但很气盛，也很伤心，自尊心驱使，她总是大声地对不礼貌的人予以回击：“我是低视力者，我会英语、会操作电脑，你能吗？我一点不比你们差。”

现在的吉啦心态平和了很多，她不会再为别人的不理解去争辩什么了，总是默默地做自己的事。吉啦说那是因为别人对盲人和低视力者不太了解的缘故。

“生活中，不管是在国内还是在国外，总会有人走上前来大声喊着问我需要帮助吗？我总是告诉他们我能行，我还会顺便告诉他们，我的眼睛看不到，但我不聋，你可以和我正常地交流。”吉啦说，“真的，我知道很多人都想帮助盲人，但他们总是不知道如何帮助，这是他们不了解我们，也没有和我们交

吉啦现在成了盲童们的大姐姐

流过，所以总是会出现让他们无从下手的局面。甚至很多正常人，包括大人和孩子，他们看到我们会害怕。”

吉啦最大的愿望是办一所盲童幼儿园，她说她的出发点是想让盲童从小就得到好的教育，不要像她的哥哥们，因为父母的关爱，反倒影响了他们今后的正常生活。“我要让更多的盲童孩子们有一个快乐的童年，让他们对自己的童年充满美好的回忆，千万不要让他们再像我和哥哥一样，除了黑暗，就没有什么值得回忆的。”吉啦说。

现在，吉啦的愿望实现了。在一位来自山西的闫阿姨的帮助下，她的幼儿园已经开始装修了，2011年就可以开园招收学生了。

吉啦的幼儿园除了招收盲童孩子，她还打算招收一些学校周围贫困农牧民家庭的孩子，让盲童和正常孩子一起学习，加强他们的交流，互相帮助，让正常孩子从小学会和盲童交流。

“我现在的启动资金有了，但如何能维持下去，让学校正常运转是我将来要考虑的问题，毕竟学校不创收，吃住还得免费。在今后的经营管理中，我要加大宣传力度，让社会上更多的好心人知道我们的学校，尽量来资助我们学校，这对我来说是一个最大的考验。”

吉啦对西藏盲童学校和萨布利亚充满了感激：“没有这个学校，没有萨布利亚，我们一家不知道会是一个什么样子，最起码我不会挣钱，不能自食其力，恐怕得靠别人救济，过着没有尊严和贫困的生活。”

吉啦在学业和工作上都很顺利，但最让她伤心的是妈妈去世了。

现在吉啦不仅仅是学校的管理者，还是一位合格的老师。

“妈妈去世时年纪不大，她是为我们操劳过度生病去世的，妈妈很爱我们，我有什么话都会对她说，我对她可以撒娇，可以胡闹，可以发脾气，但她总是一直宠爱我。”吉啦的语气里依然带有悲伤，“我长大了，可以挣钱了，能为她分担家里的负担了，但她还没过上好日子，就离开了我们，我真的很伤心。”

妈妈去世了，家里缺少了照应，吉啦建议姐姐回家照顾家人，所有费用她来承担，但姐姐还是不同意。现在姐姐有两个孩子，家境并不好，重情义的吉啦以前还接济姐姐，但姐姐的行为让她很生气，后来姐姐需要钱时她就不再理会了，她只会给外甥女买衣物和零食，或者带孩子出去吃饭。吉啦说孩子是无辜的，他们是我的亲人，但姐姐太绝情，她可以不理会。其实，吉啦说的是一时的气话，实际上他们姐妹间的感情还是很深的。

现在，吉啦用自己的能力挣钱，养活爸爸和哥哥们。吉啦说，强巴哥哥活泼开朗，英语和藏语都很好，她打算让哥哥到她的幼儿园当老师，“哥哥会是一位好老师的，而且这样他也可以自食其力了。”吉啦对未来充满了期待。

吉啦的成长历程，就是西藏盲童学校创办人萨布利亚开办这年学校的宗旨：让盲人像正常人一样生活，让盲人来管理盲童学校。

现在，吉啦正在一步步走向成功，实现着萨布利亚和自己的梦想。

舞台上的格桑扎西

格桑扎西 盲校是我们的天堂

格桑扎西，26岁，青海省黄南州同仁县甲午乡人，2006年进入西藏盲童学校。

身材高大的格桑扎西帅气阳光，但他最吸引人的还是他的歌声。

来自青海的格桑扎西21岁之前都是健康的，小时候只读完小学就不愿再进学校了，“其实那时候我的成绩还算可以，就是不愿意去读书，因为我看到很多孩子都不去读书，所以我也不想去，情愿在家里放牧牛羊。”格桑扎西说，“在大草原上，除了自家的牛羊，很少看到人，无聊的我只有自己唱歌。那时候唱歌是乱唱，怎么吼舒服痛快就怎么吼，我的歌除了自己欣赏，就只有唱给大山、牛羊和草原听。我的嗓子先天条件不错，可能就是那时候吼出来的。”

“我没有出去打过工。那时候我挣钱的方式就是挖虫草，一个季节下来也可以挣一万多块钱。挣了钱就乱花，买摩托车在草原上乱跑，还喝酒。不挖虫草的季节就放牧牛羊。”格桑扎西说，“那时候真是少年不识愁滋味，后来想想我当时过得其实挺无聊的，没有一点人生目标。”

这种当年格桑扎西自认为潇洒的生活，在21岁那年突然改变了。

“那天早上，我起床后什么也看不见了，因为刚起床，我还以为天没亮，后来揉揉眼睛，可还是看不见，我还怀疑是不是在做梦。当确认是真的看不见时，我惊恐地摸索着走出屋去告诉家人，但大家看到我的眼睛没有异常，都认为我是在恶作剧，因为我平时爱开玩笑，大家还说我装得很像，连走路的姿势都像是瞎子。”格桑扎西苦笑着说，“我没办法解释清楚，也只好不说了，当家人意识到问题的严重性后，带我到医院检查，医生给出的结果是视网膜脱落，没办法治疗了。”

“失明后不知道为什么我一直很冷静，没有任何异常表现，除了生活中不太方便，我觉得好像早就有了心理准备似的。我没有哭，也没有闹，还照样和

西藏著名作曲家美朗多吉与格桑扎西在交流。

朋友们开玩笑，弄得家人和朋友都以为我受不了打击，有点神经失常了，要么就是装样子给大家看，说不定背后会做出什么不可思议的举动。一直到最后，我也没有做过什么举动，照常生活，照常唱歌寻开心。”格桑扎西说，“别人看不懂我，连我自己都不明白，我究竟是傻，还是心理素质过硬。反正我的想法很简单，事情既然发生了，就只有坦然面对，其他的一切都是徒劳的、没有意义的。”

格桑扎西是喜欢音乐的盲童们的偶像

2006年，又是格桑扎西生命中的一个转折点。格桑扎西说他记得很清楚，因为他是坐汽车到拉萨的，而回家过年时就是坐火车了。

“2006年，有人告诉我，拉萨有一所盲童学校，在那里不花钱，还可以学到很多技能，我就坐汽车来了，那时候青藏铁路还在修，还没有通火车呢。到了学校，经过一段时间的适应和了解，我很快融入了这个集体。我特别佩服我们校长萨布利亚，她自己是一个盲人，还从一个条件很好的国家来到我们这里，教我们学习。”格桑扎西充满感情地说，“还有车刚叔叔，他可以说是我生命中的贵人，是我的天堂，因为没有他，没有西藏盲童学校，就没有我现在的一切，他让我的黑暗世界里充满了光明。”

格桑扎西唱歌唱得很好，但他还是渴望能通过专业的系统学习，一步提高自己。“车刚叔叔知道了我的愿望，帮我联系了西藏大学音乐学院，并联系王石叔叔给我交了学费、住宿费，还为我买了钢琴。经过一年的系统学习，我进步很大，参加比赛也获了不少奖项。2010年我加入了石家庄残疾人艺术团，到全国70多个城市进行演出，不但挣到了钱，还积累了很多舞台表演经

格桑扎西与久美在上音乐课。

格桑扎西很受歌迷喜爱

验。”

26岁的格桑扎西现在已经收获了一份爱情，他的女友就是他的同学，来自日喀则萨迦县的先天性低视力者边巴。“我到过她家，她也到过我家，可以说我们都得到了双方家长的认可。本来我们打算在拉萨领结婚证的，但听说户口没在这里的不太好办，只好回家再说了。”

唱了几年歌的格桑扎西很希望出一张自己的专辑，现在他的愿望就要实现了。“我专辑里的歌有我自己作词作曲的作品，也有西藏著名音乐人边洛老师亲自操刀的。经费是我最大的障碍，我把自己这几年挣的钱贴进去，女友边巴把自己挣的钱也给了我，边洛老师说在制作费上尽量给我减免，但是还不够，于是我就找到了在大昭寺做生意的丹珍姐姐，她这几年对我一直很照顾。”格桑扎西说，“我说要借3万元钱，丹珍姐姐说为出专辑背债没必要，而且我的偿还能力也有限，于是她自己拿出一部分钱，又动员她身边的亲戚朋友一起捐款，给我凑了两万五，说这钱不用还了。但我不这样想，在我困难的时候，他们无私地帮助我圆梦，这钱我一定会还的，毕竟他们的钱也是自己辛苦挣来的。”

2010年，格桑扎西和边巴开了一家自己的按摩中心，他在外演出时边巴经营着按摩中心，他们还找了一位自己的同学一起干。夏天游客多，生意不错，冬季只能用夏天挣的钱来贴补。“夏天挣的钱边巴给我出专辑用了，不过还好，我们租的甘南饭店的房子，老板很好，说的是房租500多，但老板收钱时

格桑扎西与西藏盲协主席斯勇同台演出

只收300元，很多时候还不收钱，甚至连水电费都不收。”格桑扎西说，“我很感谢这些无私帮助和关爱我的人，我一定好好唱歌，好好经营按摩中心，自食其力，用自己的能力去关爱和帮助那些需要帮助的人。”

格桑扎西和妻子边巴

边巴　盲童学校是我的媒人

边巴，27岁，日喀则地区萨迦县人，先天性低视力。

“我是21岁才来到盲校学习的，因为我的家乡很偏僻，信息很闭塞。这几年，我在盲校学习了汉语和英语，到北京联合大学特殊教育学院学习了按摩技术，现在证书都拿到了。”边巴说，“我这辈子连做梦都没想到，我这个在别人眼中的废人还能说英语。我一定要好好工作，活出个样子，让那些看不起我的人知道，我和他们一样能行。”

“我曾经想过，像我这样的盲人不知道能不能嫁得出去，后来我在学校遇到了格桑扎西，他虽然是盲人，但他也是一个大男人，有责任感，自强不息。他对我很好，他的家人也对我很好，我很幸福。可以说盲童学校就是我俩的媒人，没有盲校，我不可能认识格桑扎西。”边巴忽然变得不好意思了，“格桑扎西说等我们有了孩子，一定要让孩子好好上学。他说当初他不懂事，现在都后悔死了，因为他的同学现在很多都是大学生，他说不能让孩子再走他曾经走过的路。我也希望孩子能读书，将来成为一个有本领的人。”

当年的达琼已长大成人

达琼 我想成为中国第一位登上珠峰的盲人

达琼，23岁，日喀则地区南木林县艾玛乡雪奴村人，现在已经从盲童学校毕业参加了工作。

达琼5岁那年，一场病夺去了达琼双眼的视力。“听爸爸说，我的眼睛不是生病失明的，是因为吃错了药，现在想想，5岁前那些看得见的时光也早已模糊了，对一切事物并没有直观的印象了。”达琼说这些话时很淡定，没有一点怨天尤人的意思，而且说话时自始至终都是在微笑着。

达琼下巴上有一处伤疤，他说那是他自己做的“手术”留下的。

“我的眼睛看不见，但爸爸从没有因为这个而更加疼爱我，反而是什么事他都要求我像兄弟们一样做，所以我虽没有上学，但家乡周围的山水树木我都很熟悉，我可以放牧、爬山，甚至与小伙伴打闹、奔跑，我还可以爬树，我下巴上的伤疤就是爬树留下的。”达琼不好意思地笑笑说，“我爬树被一个树杈刮伤了，流了不少血，我又不敢让家人知道，于是我就用衣领遮住，低着头走路，当家人看到我走路的姿态不对，问我怎么了，我骗他们说我冷。吃饭时怕家人看到，我就端着饭碗躲到外面吃。后来因为伤口没能得到及时治疗，发炎了，就留下了现在的伤疤。”

说起自己是怎么到西藏盲童学校的，达琼说：“我有一个姑姑在拉萨工作，15岁那年，我被送到西藏盲童学校学习。刚来时，我说的是日喀则藏语，拉萨话我听不懂，汉语我也一窍不通，更别说英语了。但通过学习，我现在拉萨藏语、汉语普通话、英语都能讲，从事按摩工作时能和外宾直接交流。我在定日县开了自己的按摩店，生意很不错。这一切，都是西藏盲童学校培养的结果，这在以前是我想都不敢想的事。”

当年，因为是盲人，达琼对自己的未来很茫然，不知道自己能做什么。“那时我想，因为看不见，我可能没有别的去处，就想去当喇嘛，可因为我是盲人，连当喇嘛也不行。还好我到了西藏盲童学校，不然，这辈子我的生活将不堪想象。”达琼说这些时开心地笑了。

“现在我想好自己做什么了。2010年我在定日县开了一家按摩店，效益还不错，但旅游旺季一过，我的生意就不好了。从目前的情况看，我定日的点要扩大规模，因为我已经感觉到那里的生意会越来越好。我还要在拉萨开一家店，这样，旅游淡季时，拉萨的店可以补充定日店的亏空。”达琼说，“到时候我要全部用我们盲校的学弟学妹们，因为我对他们的业务技能很有信心。”

23岁了，达琼还没有恋爱，因为他说自己是“坏人”。达琼说：“我们老师说，我们学完本领要回报社会，现在我还没能对社会做什么，所以我认为自己是坏人。”

不过，达琼还是对自己将来的女友有一个大致的标准：“相貌上我没有什么要求，只要识字就好，不然我的眼睛看不到，在街上，她若不识字，等于我们两个都是瞎子，所以我希望找一个识字的女友。”达琼的言下之意想找一位视力正常的女孩当妻子。

达琼还有一个别人无法想象的梦想，那就是攀登珠峰，他的这个大胆的梦想来自于几年前校长萨布利亚对盲童孩子的一次登山训练。“我想去攀登珠穆朗玛峰，成为第一位登顶珠峰的中国盲人。因为几年前，我们培训中心曾经组织过登山，是和世界上第一个登上珠峰的盲人埃里克·威亨梅尔一起，当时我到了差不多海拔7000米的高度。所以我对登顶珠峰很有信心，我的身体素质很好，5岁以后我就再没有生过病了。”达琼的话语里充满了期待和自信。

旦增　学校让我成了家里的大男人

旦增，23岁，拉萨市曲水县人，西藏盲童学校第一批学员之一。

见到旦增时，他正在为2010年10月15日国际盲人节的筹备工作忙活着，“我负责给很多帮助过我们的人送请柬，让他们来和我们一起过节。以前我们也过盲人节，但都是大家在一起玩一下，也没有什么特别的。今年，我们在自治区残联和拉萨市残联的大力支持下，由我们自治区盲人协会承办了这次活动，‘尼威’的老板给我们提供了场地，我们盲人一起组织了一台晚会。其实很多盲人都是多才多艺的，这是我们第一次搞这种庆祝活动，我相信会很棒的，而且我们一定会坚持把这种庆祝活动办下去。”

旦增是西藏盲童学校成立之初不多的几位学员之一。3岁时的一场病让他只剩了一点点轻微的视力，看电视时靠近荧屏还是模糊一片。现在，从西藏盲童学校毕业的他，在拉萨市区丹杰林路开了一家以自己名字命名的按摩店——旦增盲人按摩中心。

“10岁那年，是西藏盲童学校的老师到我家里找到我，那时候盲校刚成立，没有学员，老师都是在四处寻找学生，不像现在，学校名气大了，很多人慕名而来。当时我家里人还不太相信有这样包吃、包住的好事，还学习技能。”旦增笑笑说，“现在家里人相信了，我可是我们家的大男人，是经济支柱。”

几年前，旦增的爸爸妈妈离婚了，旦增边实习边挣钱补贴家用。“实习期间挣不了什么钱，但每月有几百块钱给妈妈，让远在农村的她在安排生活上自

旦增与扎西是一起成长一起创业的好哥们

如了很多。爸爸不在了，家里的体力活全靠妈妈，我帮不了什么忙，但我又不想让她太累，所以我一直都很节俭，尽量把挣到的每一分钱都给妈妈。后来我毕业了，还把弟弟接到拉萨参加厨师培训，现在弟弟也能挣钱了，而且待遇也不错。去年，我为妈妈建了一座漂亮的新房子，花了我6万多元钱，几乎是我近几年的所有积蓄，但我很高兴，因为我和别人一样能干，我觉得我真的是家里的大男人了，我长大了。”旦增突然变得有点不好意思，“其实在我15岁到18岁的时候，因为皮肤白，还长着一双大眼睛，又很害羞，很多好心人到盲校给我们送衣物时，不明就里的他们总给我发女孩子的衣服。毕业后，通过和顾客的交流，我胆子大了很多，现在做什么我都不害怕了。”

西藏盲童学校总是教导学生要学会感恩和回报，旦增对此有着自己的理解。

“我觉得回报不一定就是回报我们的学校，这似乎太狭隘了，我们的老师一直教导我们，要用感恩的心去回报社会，按说我们最应该回报的是老师，但我们的老师从来不要求回报，所以，我觉得我的回报应该是给那些需要我帮助的人。现在，我有了自己的按摩中心，除了照顾好家人，我还要帮助那些需要帮助的人。像这次的盲人节，除了相关部门出钱，我和自治区盲人协会的主席斯勇，还有我们盲校的按摩中心都出了一点钱，这是为了让我们盲人大家在一起开心，我愿意做。如果我的生意越做越好，我还会做得更多。”旦增说，“现在我是自治区盲协的委员，我愿意为西藏的盲人事业多做些事，帮助更多的人，特别是盲人，因为我就是在别人的帮助下成长起来的。”

2011年的藏历新年前，旦增打算把几个盲校的同学和好朋友都接到自己家里过年，“所有的东西都准备好了，我还买了新家具，让大家一起开开心心地过年。”

如今的旦增成了妈妈的骄傲

玉珍　读完大学我还回来当老师

玉珍，23岁，墨竹工卡县人，在校学习3年，在盲校当老师已经4年多。

玉珍出生时眼睛是正常的，小时候一直东瞅西看的，家人并没有发现异常。后来，不知道什么原因，她的视力突然下降了，因为太小，她看不清东西也无法表达。

家人发现玉珍的眼睛有问题，是因为平时走路好好的她竟然老是被绊倒，还会撞东西，到医院一检查，说她的视网膜萎缩了。由于条件有限，家里人也没有带她到大医院去看。

看不清东西的玉珍很聪明。她家的前面就是小学，而且她的一位叔叔就是学校的老师，因为她看不清，学校拒绝接收她入学，“后来我才知道，学校不接收我，是因为他们担心我绊倒受伤，他们不想承担责任。”

玉珍和萨布利亚情同姐妹

说玉珍聪明是因为学校的孩子在老师的带领下读书，很多学生读了很多遍还记不住，但在自家院子里听读的她早就会背诵了。但是，就是这么聪明的孩子，学校还是借各种理由拒绝她入学。

16岁那年，家里条件好了，父亲带玉珍到拉萨就诊，由于对拉萨不熟悉，也不知道看眼睛应该到有眼科的医院，他们误打误撞地进了拉萨妇幼保健医院。医生耐心地告诉他们，看眼睛要到有眼科的医院，热情的医生还告诉玉珍的父亲，医院后面有一个盲童学校，那里管吃管住，还学习文化和技能，有很多像玉珍一样的孩子在那里快乐地生活。医生告诉玉珍的爸爸说，如果孩子的眼病看不好，可以送到那所学校去学习。

“那次到拉萨看眼病，虽说没看好眼睛，但却知道了盲童学校，没多久，爸爸就送我到盲童学校学习了。”玉珍说，“我经过3年的学习，毕业后我就在学校当老师了，我负责教学生藏语盲文，还负责把正常孩

见到老家的亲人，玉珍很开心。

子用的课本翻译成盲文，现在我还和其他老师一起编写学生的教材。”

玉珍平时除了给孩子们上课，还要负责接待来学校参观或者捐赠的国内外的爱心人士。玉珍说：“不管是接待外宾还是教学，我发现我都需要更多地学习文化知识，所以我决定继续我的学业。上海的好心人薛宝中阿姨帮助我，现在我已经联系好了到北京外国语学院学习的相关事宜，2011年3月就要入学学习。我想等我学好了再回学校当老师，不管是教孩子们，还是做其他工作，相信我都会做得更好。现在我很感谢我们学校，感谢萨布利亚，感谢社会上的那些好心人，不然我都无法想象我现在的生活是什么样子。”

索朗旺堆　我想有自己的录音工作室

索朗旺堆，20岁，拉萨市娘热乡人，爱好音乐，颇具音乐天赋。

20岁的索朗旺堆是一位开朗健谈而又壮实的小伙子，爸妈都有很好的工作，家境不错。

说起他的眼睛，他笑着说：“你别看我现在很壮实，其实我是早产儿，7个月不到就出生了，所以在保温箱里待了差不多4个月。后来命是保住了，但我的眼睛从此失明了。爸妈曾经带我到四川的华西医院检查过，诊断的结果是氧中毒导致的眼睛失明。西藏是缺氧地区，但吸氧多了也会中毒的，我就是最好的例证。”索朗旺堆说完竟自己大笑起来。

索朗旺堆除了在旦增的按摩中心当按摩师，还兼任娘热民族艺术团的演奏员，主攻手风琴。“我的手风琴很棒，但在艺术团里，六弦琴、电子琴、笛子我都行，独奏、伴奏我都做过，感觉还不错。说实话，我们盲人虽然眼睛看不到了，但耳朵特灵，所以对音准很有把握。”索朗旺堆说，“我9岁进入西藏盲童学校学习，毕业后也从事过一段时间按摩工作，后来我觉得自己还是对音

索朗旺堆的手风琴表演是学校活动的必演节目

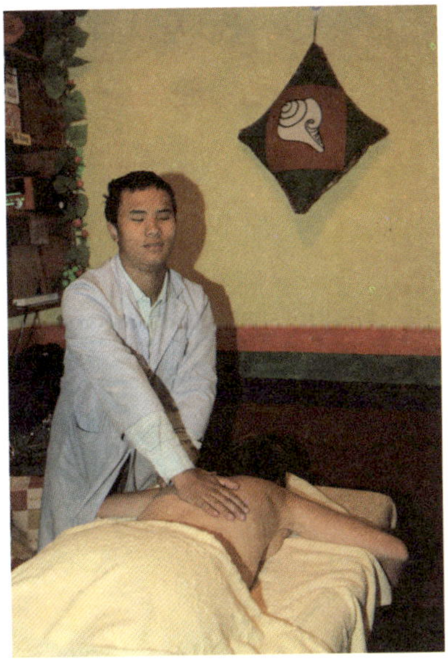

乐感兴趣，于是就放弃按摩，开始练习手风琴。没想到琴的技艺大增，但我的体重也随着大增，胖得不像样子。为了给自己喜欢的职业积累资金，我又开始了按摩工作，没想到几个月下来，我的体重又减了下来，不过现在还是有点胖。”索朗旺堆又自顾自地大笑起来。

索朗旺堆最大理想是拥有自己的音乐工作室

索朗旺堆想开一家自己的录音工作室，他很喜欢音乐，也认为自己在音乐方面有点天赋，所以想干自己喜欢的工作，他认为自己不会放弃，也不想放弃。

索朗旺堆从网上查过了，录音设备、转换器、装修的隔音设施等等就得十几万，这还不包括房租等经营时的正常开销，他觉得他有这方面的优势，现在就在为这个目标奋斗着。

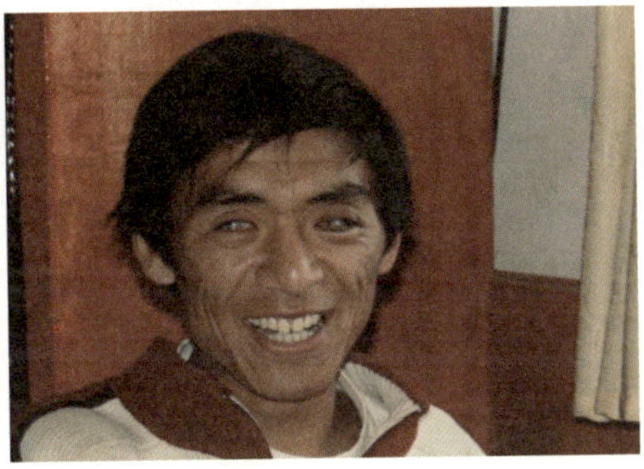

坚赞　开一个盲文图书馆是我的梦想

坚赞，23岁，盲童学校成立之初的第一批学员之一，山南地区扎囊县扎囊镇人。

坚赞出生时是一位健全的孩子，但10岁那年，一场病夺去了他的视力。1999年，通过援藏基金会工作人员的介绍，坚赞从老家来到拉萨的西藏盲童学校，开始学习盲文和各种技能。现在，坚赞在盲童学校当老师，负责把各年级的课本翻译成盲文，供学校的小弟弟小妹妹们学习用。

坚赞曾到日本、马来西亚参加过盲人计算机培训，到印度学习过管理课程，还曾到过美国、尼泊尔等国家学习。“我是我们盲校较早的学员之一，在这里，我学了那么多东西，我老家的亲戚邻居最初不太相信，不过现在他们都相信了，他们知

坚赞家的全家福

坚赞如今已成为盲校的老师

道我比很多健全人还能干，不再用当年同情的眼光看我了，取而代之的是羡慕和钦佩，我自己也很自豪。”

“改变我的就是我们学校的校长萨布利亚。校长也是盲人，但她的勇敢、坚强、开朗、大方影响了我，也改变了我的一生。她是我的榜样，也是我的偶像，所以在她的影响下，我也想为盲人做一些事。”坚赞说，“我最大的愿望是自己建一个盲文图书馆，让更多的像我一样的人有书读。现在，我们学校的孩子们连盲文课本都没有，很多课本都是我们自己做。有了做课本的经验，我想把更多的文学方面的书籍，还有大家喜欢的东西都翻译成盲文，让更多的盲童和盲人能读到自己想读和喜欢读的书。我相信，只要我不断地努力，我的梦想一定会实现。”

尼玛旺堆　我正在成为一名管理者

尼玛旺堆，24岁，四川甘孜人，自幼失明，刚刚从印度学习管理归来。

开朗活泼的尼玛旺堆很爱笑，24岁的他有着多面性，俏皮起来他像一个大男孩，严肃起来他又像一个沉稳的管理者。

刚刚从印度归来的他英语似乎比汉语还流利，他说话很没有规则，用汉语表达不了的他突然说起了藏语，藏语无法表达明白的他又忽然换成了英语，英语表达不了的他又忽然换成了汉语，几种语言在他嘴里转换得很自然，他自己似乎没有感到在用几种语言说话。

尼玛旺堆在教盲童摸盲文

“经过一年的学习，我觉得我对管理有了很深的认识，比如我学的课程里，有如何招聘我所需要的员工，如何解聘我不需要的员工，还包括财务管理，我学到了很多东西。”尼玛旺堆说，“现在我的理论知识有了，但我还要实践，从学校的小事做起，从一点一滴做起，让自己慢慢成熟起来，我很自信，我能成为一名合格的管理者。目前我正在为成为一名合格的管理者而努力。”

让尼玛旺堆骄傲的还有他的女友，一位在内地读研的视力正常的女孩，“她是曾经到过我们学校的爱心志愿者，我们认识几年了。2011年藏历新年期间，我给她发了一条短信，是英语I LOVE YOU，她回了一条短信说让她想想，然后就答应了。”尼玛旺堆开心地说，“现在她的家人还不知道，我知道可能会遇到阻力，但我相信我们的真爱会感动所有人，我们会走到一起的。”

其实并不是女孩家人将来知道了会反对，首先尼玛旺堆的妈妈就不同意，“我妈妈希望我找一个条件相似的，她怕我会被甩了，怕我受到伤害。但我坚信我们会彼此相爱、不离不弃的，我们会用实际行动让妈妈知道她的担心是多余的。”尼玛旺堆坚定地说。

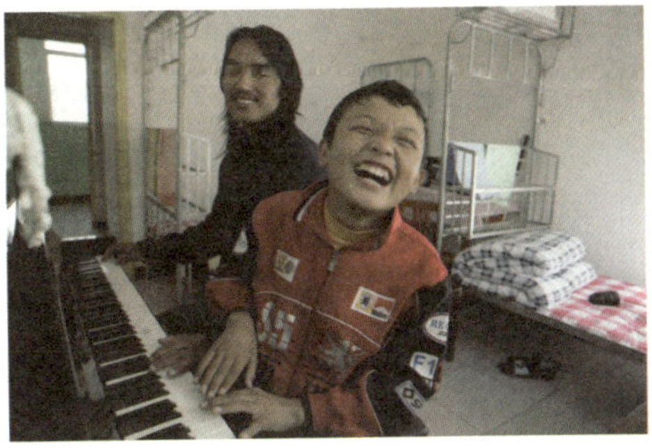

久美　我现在的理想是当一名律师

久美17岁了，如今的他已经长成了一位翩翩少年，当年那个在学校小明星一般的孩童久美，在长大成人的久美身上找不到一丝影子，反而是现在的久美脸上多了一分羞涩。

5岁就进校的久美活泼爱唱，在任何场合下都不怯场，让唱什么就唱什么，受到学校和社会上爱心人士的喜爱。

久美人活泼，思维更是活跃，而在盲校，像久美这样思维活跃的孩子不在少数。有一个叫罗布的孩子，曾经梦想当一位出租车司机，他的想法大胆却不切合实际，但他的想法不仅没有遭到嘲笑，还得到了萨布利亚的赞许："罗布，你眼睛看不见，不能开出租车，但只要你好好学习，你完全可以来管理一家出租车公司，让更多的人来实现你的梦想。"

久美和妈妈、外婆在自家的新房前

成长中的久美，他的理想也在不停地变换着。有一段时间，他对画画很着迷，虽说他看不见东西，分不清颜色，但依然画得很投入，他是在画他心目中自己对事物的认知形象，虽然在常人看来他的画很不着边际。

目前在日喀则二中读初二的久美，随着知识的丰富，他又有了自己新的理想，只是这次的理想更现实更切合实际，当一名维护正义和法律尊严的律师，"我觉得当律师更适合我，只要法律条款熟记于心，反应灵敏，口才好，心理素质过硬，我相信我能成为一名合格的律师。"

现在，久美在班上成绩很好，很多视力正常的孩子都没有他的成绩好，和他一起在日喀则二中就读的还有拉吉卓玛、拉珍、边巴达珍、旺啦、吴坚、普扎和强巴等7位同学，他们分别上初一和初二，而且成绩在班上都是名列前茅，他们已经成为日喀则二中学生们学习的榜样。

在学校里，几个孩子住在两个寝室，其中男生寝室由边雄乡盲童学校花钱聘请了一位生活老师，照顾孩子们的生活。平时，孩子们在校免费吃住，费用由二中承担。孩子们每次吃饭都是集体去，由一位低视力的孩子在前面带路，上课也是一样，只不过洗碗大都是自己洗。放假时，不回家的孩子就回边雄乡盲童学校，他们都把那里当作自己的家。

这些孩子的共同理想就是考上一所自己满意的大学。

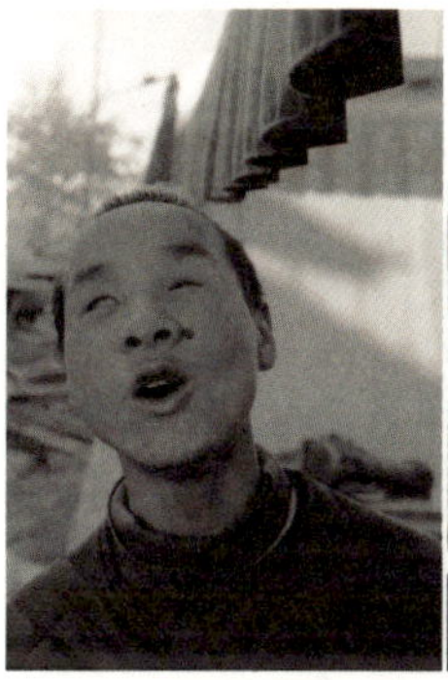

扎西 我要带着爱心去生活

扎西，25岁，四川泸定人，2000年被好心人送到西藏盲童学校学习。

扎西似乎不太愿意提及自己的童年，对过去的经历都是轻描淡写地一语带过，但知道的人说，其实他的童年并不快乐。

了解扎西的人介绍说，扎西几岁时被家乡的邻居带到拉萨，那位邻居在拉萨做小生意，他带扎西出来不是让他学习技能，而是利用他是盲童的缺陷在拉萨街头乞讨，而且据说那位邻居除了让他要钱，对他并不好。

后来在一位藏族老阿妈的帮助下，扎西进入刚刚成立两年的西藏盲童学校学习。2005年他开始在学校创办的西藏盲人按摩中心工作，因为西藏没有相关部门能够给工作了几年的扎西颁发职业技能证书，而到中心按摩的外宾又比较在乎职业等级证书。于是，2010年扎西到北京进行培训，现在已经拿到了盲人按摩中级等级证书。

扎西说，在西藏他是在别人的关爱中成长起来的，除了学校师生的关爱，对他最好的是那位帮助他进学校的老阿妈。

"不只那位老阿妈一个人对我好，他们一家人都对我好。她一直在关注着我的成长，经常到学校来看我，给我带一些好吃的，过年过节她都会接我到她家去和他们一起过。她这样对我一直坚持了好多年，比我亲妈还亲。其实我在拉萨这么多年，我的妈妈和家人都没来看过我。"扎西的语气突然低沉了下来，"可惜后来老阿妈去世了。她生病时没有告诉我，只是有一段时间她没有来看我，我很奇怪，等到她的家人来找我时，她已经去世了。我很遗憾，在她活着的时候我没能见她一面。我虽然看不到她，但在我心里，她是最美丽最慈祥的妈妈。"

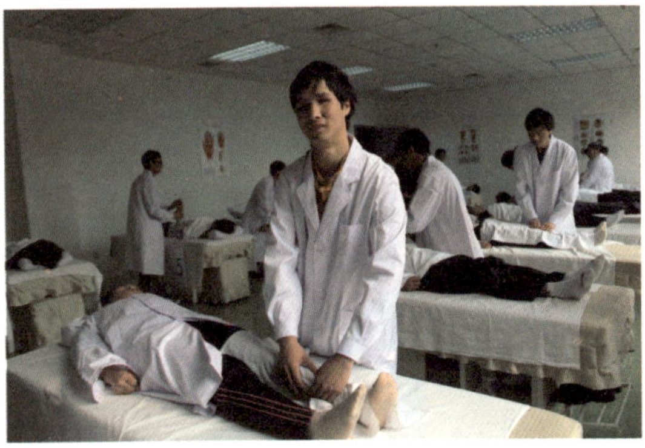

扎西是幸运的，在学校他认识了很多朋友，其中旦增是他最好的朋友。在学校开办的西藏盲人按摩中心和旦增一起工作了几年后，2010年他俩一起开办了自己的旦增盲人按摩中心。但中心刚刚开办，他们就有了到北京学习的机会，而他俩只能去一个人，"旦增说让我先去学习，等我学好回来打理按摩中心，以后有机会他再去学习。现在我拿到了盲人按摩中级等级证书，而旦增还没有，以后有机会我一定好好打理按摩中心，让旦增放心地去学习。"扎西说，"我是个盲人，得到了除了我们学校以外的很多人的关爱，所以我是幸运的，我要带着爱心去好好生活，争取把这些爱心回报给那些需要关爱的人，这是我的想法，也是我们学校教育孩子的宗旨之一。"

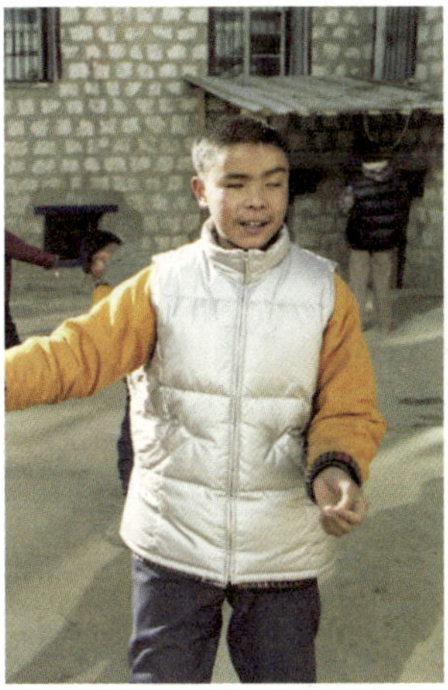

欧珠　盲校培养出来的盲人音乐老师

欧珠，24岁，日喀则地区定结县人，在西藏盲童学校学习了8年，擅长六弦琴（西藏叫扎年琴）。

欧珠很喜欢扎年琴，很早的时候就自己摸索着弹，在西藏盲童学校，每次有客人来参观，欧珠的扎年琴弹奏都是保留曲目。后来欧珠师从西藏大学艺术系的老师，琴艺有了突飞猛进的发展，他曾经到中央电视台、上海达人秀、陕西、深圳和四川康巴卫视参加过演出，是学校里的名人。

欧珠在教盲童们学习六弦琴

欧珠和达琼在合作表演

现在，欧珠在日喀则边雄乡盲童学校担任音乐老师，有几个喜欢扎年琴的学生还得到他的专门培训。欧珠是盲童学校教育成果的又一个成功的例证。

2009年，欧珠从西藏盲童学校毕业后就在边雄乡盲童学校当了老师。他的工资比那些在学校工作的视力正常的老师都高，这是学校的宗旨，因为在萨布利亚的头脑里，学校的最终目的是由盲人来管理盲童学校。

欧珠说家里人都很高兴，也很羡慕他曾经到过那么多的地方，学了那么多本事，现在还拿工资挣钱了，这是家里人以前想都没有想到的事儿。

欧珠说他要用他学到的东西来培养学校的孩子，让每一个喜欢音乐，特别是喜欢扎年琴的孩子都能得到好的教育，让孩子们靠自己的本事在社会上立足。

卡先加　我曾得过全校作文大赛特等奖

卡先加，19岁，青海省黄南州人，目前是拉萨市第三高级中学高一年级学生。

卡先加15岁之前是一位视力正常的孩子，已经上初中的他是突然失明的。

"我记得很清楚，15岁那年的7月，我在太阳下看书，突然晕倒了，然后被送到医院，等我醒来时就什么都看不到了，医生也没有给我说明原因，我更不知道是什么导致了我的失明，就这样我糊里糊涂地看不见了。"卡先加说。

失明后的卡先加只能呆在家里靠家人照顾着生活，很无聊，但也没有别的办法。

2006年，卡先加听一位外国朋友介绍，拉萨有一所盲童学校，在那里可以学习文化和技能，他就来到了拉萨。

"刚来时我听不懂拉萨话，两个星期后我就慢慢适应了。在这里我认识了很多和我有着相同遭遇的人，交了很多朋友。格桑扎西是我的同乡，我们的经历相似，所以我俩的关系最好。"卡先加说，"在盲校学习了盲文后，我就开始在墨竹工卡县中学随班就读，因为此前我读过初中，有一些基础，所以我的学习成绩还不错，自从眼睛失明后，我的记忆力出奇地好，老师讲的内容我都是靠大脑记。"

卡先加说他很喜欢三高，喜欢这里的老师和同学。"我平时到教室上课，回宿舍休息，到食堂吃饭，都是我的同学仁青达娃帮我，他成了我的眼睛。"卡先加开心地说，"我们的老师措姆不管是在生活上还是学习上都尽量帮助我们几个，把我们的座位安排在第一排。最近我的同桌因为有事一周都没来上课，我担心跟不上课，就向措姆老师说我想和央金同桌，央金是我初中时的同学，平时也一直在帮我，措姆老师立即答应了。现在我已经和央金是同桌了，我很感谢措姆老师。"

在去年全校举行的作文大赛上，卡先加获得了特等奖。"我很高兴，因为参赛的还有高二和高三的同学，获得这个奖项让我自信了许多。当然，我还要感谢丹增西热同学，是他帮我把盲文写成正常文字的，所以我的这个奖也有他的一份功劳。”卡先加说，“说起来我和丹增西热认识还很好玩。我们两个不同班，他是高一（2）班的，我是9班的，但我们在一个宿舍。最初他不太理我，可能是不知道怎么和我打交道吧。后来他看到我和索朗彭措用英语交谈，他很惊奇，然后慢慢地我们就成了好朋友。我的那篇获奖作文，就是我用盲文写好，然后口述，他帮我写出来的。”

（附卡先加的盲文作文翻译作品）

到这所学校的喜悦

在流逝的岁月中，一种无情的疾病抢走了我宝贵的明眸，像绚丽多彩的花朵遭遇暴风雨的突袭。从此，我的心中产生了悲伤与痛苦，好像刀刺一样绞痛，痛苦的乌云遮蔽了我的心。

由于命运的安排，我带着心痛的泪水，离开了我儿时的乐园，我可爱的家乡青海，离开了我心爱的父母来到吉祥的乐土，圣地拉萨。这里到处都盛开着知识的莲花，这里的同学们都蜜蜂采蜜般刻苦地学习着，这里就是西藏盲童学校。

这所学校是我奋斗的第一片乐土，也是我拿着金钥匙开启知识大门的地方。

虽然我是一个失去光明的盲童，但是我用心中的光明来勤奋地学习，努力追寻着我远大的理想。

虽然我是一个失去光明的盲童，但是我尽全力在这充满欢声笑语的学校学习藏、汉、英三种语言，并取得了很好的成绩。

虽然我是一个失去光明的盲童，但是在我家乡我是第一个懂英语的人。

这所盛开知识莲花的学校，是驱散我心中所有黑暗的太阳，也是我孜孜不倦追寻理想与梦想的自信源泉。

卡先加和索朗彭措放假时总爱回盲校

巴旦 一个调皮的大男孩

巴旦，16岁，低视力者，现居住在拉萨，目前是拉萨三高高一学生。

在西藏自治区残联与拉萨市残联联合举办的第一届国际盲人节联欢晚会上，主持人中有一个阳光帅气爱笑的小伙子，他反应机敏，能用汉语和藏语主持，他自己还能唱歌，这个看似大小伙子的就是只有16岁的巴旦。

巴旦一直活泼好动，用日喀则边雄乡盲校一位老师的话说，他调皮得不是一般的。

巴旦6岁进入盲校学习，曾在日喀则边雄乡中心小学和正常的孩子一起读书，他的学习成绩一直不错，但就是太调皮了，这一点是老师和同学们公认的。

巴旦走路一直很快，迈着大步，昂首挺胸的，不知道的人根本发现不了他是一位低视力者。

巴旦说那都是他上小学时跟随盲人哥哥达琼一起锻炼的结果。“那时候上学，我要背着自己的打印机，达琼哥哥比我大，他本来就走路很快，刚开始我要跑着才能跟得上，后来我就习惯了，直到现在我还是习惯迈大步走路，连上学我都是步行去。”巴旦笑着说。

巴旦在学校学习一直很好，特别是英语更好，这是西藏盲童学校低视力者和盲童们的共性，因为他们在入学前，都在盲校学习过英语。

开朗爱笑的巴旦其实也有烦恼。

“我们上学没有盲文课本，都是我们学校的老师把正常孩子学习的课本翻译成盲文供我们使用，在此之前，我们连入学都很困难。现在还好，经过多方协调，有学校愿意接收我们了，但教材还是问题。目前我们共有三个孩子在拉萨三高学习，据说要是从内地购买教材，我们三个差不多要花费近10万元，因为没钱，只好放弃了。”巴旦说，“其实我们考试也很成问题，在我和其他几个同学考高中时，都是老师念题我们来选择答案，或者是口述答题，等我们毕业高考时还不知道是怎样的情况，好在还有两年时间，我想到时候会有办法解决的。”

尽管在求学的道路上遇到不少困难，但巴旦也得到了不少帮助和关爱。考上高中后，自治区残联就出面帮他们协调学校，三高也为他们大开绿灯。最让巴旦高兴的是学习的时候，老师让他们和视力正常的学生同桌，并由同桌负责他们在学习中遇到的困难，比如说念题，或者重复一下没有记下来的笔记等。巴旦在班上的好朋友叫尼玛多吉，每次放学时，尼玛多吉都会骑着自行车把巴旦送回家，巴旦很为有这么好的同学而高兴。

每到周末，巴旦还是习惯回到盲童学校玩，因为这里有他的很多朋友，他想念这里的老师和同学。

巴旦说他将来想报考音乐学院，因为他很喜欢音乐。

（附巴旦的盲文作文翻译作品）

改变

我本来是一个盲人，以前我觉得我们盲人是一些无能的人，可是后来跟我认为的恰恰相反，因为有人对我说有一个地方是我们盲人的世界，是盲人的天堂。

我从来没想过我们盲人也会有一个属于自己的世界，那个地方能让我们的潜能更好地发挥出来，让我们独立生活，让我们学各种各样的知识，那是一个属于我们的美好世界。那个地方是萨布利亚和保罗为我们筹建的盲童学校——西藏盲童学校。

我来到这所学校之后，感觉一切都变得美好了。这里的同学跟我相处得很好，我们一起学习，一起生活，一起玩游戏，大家都过得很开心。这里的老师教我各种各样的知识，这里的环境也很美丽，我在这所学校里待了十年。这十年里萨布利亚和保罗培养了我，在这几年里，我学到了许多知识，因此我要特别感谢萨布利亚和保罗，感谢西藏盲童学校。

巴旦很喜欢表演

索朗彭措　盲童学校就是我的家

索朗彭措，18岁，林芝地区工布江达县娘布乡人，目前是拉萨市第三高级中学高一年级学生。

索朗彭措是个爱笑的女孩，平时她脸上总是充满笑意，一说话，就笑得更开心了，眼睛眯成一条缝。

索朗彭措的家在林芝地区工布江达县娘布乡，从拉萨坐车到工布江达县城，然后再坐一个小时的摩托车才能到家。

索朗彭措很爱学习，她在班上的成绩排名第二，次仁旺堆校长讲的那位拿5个单科第一的就是她。“我很爱学习，小时候身边的朋友都去上学了，我只能伤心地落泪。爸妈看到我伤心，他们也跟着伤心，但是没办法。小时候不懂事，我的朋友上学不带我去，我就生气地把他们的书和作业本撕了，但那只是我发泄一下情绪，没有人能真正地帮我。”说这些事时，索朗彭措脸上还带着笑意。

“我的命运发生转机是我到自治区藏医院看眼病。有一位叫央吉的医生说我的眼睛耽误了最佳的治疗时机，已经没办法医治了，但她推荐我到西藏盲童学校去，说那里可以学习一些东西，而且不收任何费用。就这样我来到了盲校，学习了盲文和英语。能够认字学习了，我很开心，小时候不能做的事现在可以做了，我想把曾经失去的赶回来，所以我可喜欢学习了。”索朗彭措说，“我学习了盲文后，就开始在墨竹工卡县中端友谊小学跟班就读，初中也是在墨竹工卡县中学读的，然后又考上了拉萨的高中。”

多年来，索朗彭措早已习惯了把盲校当成自己的家，周末别的同学说回家，她也说回家，她回的家就是盲校。

“其实我在拉萨有不少亲戚，他们都希望我周末到他们那里去，只是我不愿意。我总是习惯回盲校，因为这里有我一起长大的同学和朋友，有疼我爱我

盲校是索朗彭措心中的家

的老师，我在这里更随意，更放松。”索朗彭措说，“特别是嘎玛曲珍老师，她就像我的妈妈，其实这么多年，我和妈妈在一起的时间还没有和她在一起的时间多。我上小学的第一天是她送的，上中学的第一天也是她送的，上高中的第一天还是她送的，我很开心。我希望能好好学习，将来考上一所好大学，在我上大学的第一天，我希望嘎玛曲珍老师还能送我。但不管我以后走多远，走到了哪里，西藏盲童学校都永远是我的家。”

（附索朗彭措的盲文作文翻译作品）

我喜欢这里家的感觉

蔚蓝的天空，皎洁的明月，绿油油的草地，对我来说离得很遥远。当我来到人间，还没来得及睁开双眼观看世界，无情的命运抢走了我那宝贵的明眸，从此色彩悄悄离我而去，光明默默地与我分手。于是一片黑暗和巨大的恐惧与我为伴，我失去了继续活下去的信心与勇气，小小年纪就在黑暗之中挣扎，艰难地跋涉着。我满怀希望地苦苦地追寻着，梦想着能够拥有一个明亮而温馨的心中世界。

乌云滚滚，雷声阵阵，雨过天晴，命运之神给我的无光世界带来了生机与活力。我幸运地得到了学习知识的机会，满怀憧憬地来到了这所学校——西藏盲童学校，开始了我新的生活。

多年的朝夕相处，老师成了我的父母，同学成了我的兄弟姐妹，在这里，我有了温暖的家。在这里，我们相互依靠，相互帮助，彼此温暖着对方的心灵，我们都是一家人，我喜欢这种大家庭的感觉。

在这里我认识了许多朋友，找到了自己的未来，我感受到了大家庭的温暖。看不见并不是我脆弱的理由，也不是我一生的遗憾，虽然我失去了光明，但我心中的光明永远照耀着我向前。

尼玛确巴　我想当一位藏文作家

尼玛确巴，16岁，家住日喀则年瑞雄乡，低视力者，目前是日喀则市一高高一年级学生。

尼玛确巴是个聪明的孩子，由于先天性低视力，从小渴望学习的她失去了自己的方向，对自己的未来更是很迷茫。

“我到日喀则看眼病的时候，一位外国医生告诉我，我的眼睛无法治好了，但有一个地方很适合我，就是在拉萨的西藏盲童学校。”尼玛确巴说，“2002年，我到了西藏盲童学校，在这里我学习了两年，然后到墨竹工卡县的中瑞友好学校学习，初中我是在日喀则市三中读的，现在我在日喀则一中读高一。由于小时候不能读书，我一直很渴望读书，所以，当有了读书的机会，我很珍惜，我比一般人学习更刻苦，因此学习成绩一直很好。现在我在我们全年级排名第二，老师还号召我的同学向我学习呢。”

尼玛确巴语气里充满了自豪。

谈到自己将来的打算，尼玛确巴说：“我现在努力学习，力争考上一所好大学，我的目标是学习中文或者文学方面的东西，将来我想成为一名藏文作家，把我心里那些美好的东西全部写出来，让更多的人来感受，也希望通过我的文字，让更多的人了解盲人，了解盲人的世界，更要像萨布利亚一样，能为盲人做更多的事情。我现在很喜欢作文，也很喜欢文学方面的书，我相信将来我能成为一位好的作家，一位我想往中的盲人藏文作家。”

尼玛确巴和玉珍姐姐

（附尼玛确巴的盲文翻译作品）

温暖的家

我从出生就是一个盲人，我的父母为治好我的眼睛带我看了很多医生，他们都说我的眼睛治不好了。村里和我同岁的孩子们都开开心心地去上学，可我却得不到上学的宝贵机会，每天只能呆在家里。因为我是个盲人，我的眼睛看不到。虽然我的父母精心地呵护我，但是我觉得我不幸福。

每天听到同龄的朋友琅琅的读书声和欢快的嬉笑声，我很羡慕他们。心里老想着和他们一起去学校上学，可是我们那里的学校不接收盲人孩子。我仿佛陷入了黑暗的空洞里，但一位好心的外国医生把我送到了萨布利亚和保罗办的盲童学校。在学校，萨布利亚和保罗为我驱散了黑暗的阴影，为我重新点燃了生活的希望之火、光明之火。他们给了我来之不易的上学的机会，使我和同龄的孩子们一样有了欢快的笑声。为了把我培养成有知识有道德的人，为了我以后能够自食其力，他们为我付出了许多许多，他们就是我慈祥的父母，这所学校也是我温暖而美丽的家。

如今，我最终实现了上学的愿望，我学到了很多知识，也学到了很多做人的道理。我衷心地感谢我的萨布利亚妈妈和保罗爸爸！在我的人生中，他俩是给我带来今天美好生活的幸福使者，因为有了他们，我的生活中才开满了绚丽多姿的幸福之花。他们是我一生不求回报的恩人！

德庆玉珍　我想当一名歌唱家

德庆玉珍，13岁，那曲地区安多县人，已进校3年。

德庆玉珍很勤快，这是学校的老师们说的，她会帮小一点的孩子洗脸，她摸着洗也能洗得很干净。德庆玉珍还能洗碗，不是她一个人的，是全校师生的，因为学校的孩子不管是低视力者还是全盲，都要轮流值班，这是锻炼他们的生活自理能力。

德庆玉珍和盲人艺术家周云蓬在天安门前

擅长唱牧歌的德庆玉珍在舞台上很有大将风范

德庆玉珍说：“在学校里我学会了很多，相互帮助、相互关爱、乐观开朗、感恩……，我喜欢我们的学校，我爱萨布利亚、保罗和我们学校的全体师生。”

德庆曲珍来自藏北草原，她有一副天生的好嗓子，她演唱的藏北牧歌高亢嘹亮，优美动人，曾和同学们一起参加过中央电视台的《我们有一套》和上海东方卫视的首届中国达人秀比赛，并进入决赛。

听过德庆玉珍唱歌的我国著名男高音歌唱家王宏伟专门为她录制了一张民歌专辑，德庆玉珍说：“我喜欢唱歌，想当一名歌唱家。”

次仁顿珠　妈妈哭了，但那是骄傲的泪水

次仁顿珠，28岁，日喀则地区定日县措果乡人，24岁才到盲校学习，2010年到北京参加盲人按摩技术培训，已经获得盲人按摩中级等级证书。

次仁顿珠家有9个兄弟姐妹，他排行老七，6岁失明的他，现在还依稀记得爸爸妈妈的样子。

失明后，一直在爸爸妈妈和兄弟姐妹们的照顾下生活的次仁顿珠，在25岁之前，他还没有挣过一分钱，也没有做过能让自己骄傲的事。在家人的眼中，他是盲人，就应该被照顾，爸妈和兄弟姐妹们打算养他一辈子。

偶然的机会，次仁顿珠来到西藏盲童学校，刚来时，因为说着一口地道的日喀则话，拉萨的很多同学听不懂，他也不会说拉萨话，“现在，经过三年的学习，拉萨语、汉语、英语我都会说。我25岁之前从没有离开过家，也没有离开过父母。我走后，妈妈想我想得一直哭，每次我给家里打电话，她都不知道说什么好，就一直哭个不停。因为学校离家太远，她也不能来看我，后来妈妈知道我在学校过得很好，还有很多和我一样的同学朋友天天在一起，大家亲如兄弟姐妹，慢慢地她也放心了。没想到我学了本领向她报喜时，她又开始哭了。”次仁顿珠笑着说，“我告诉她，我学会了汉语，也学会了拉萨话，就像收音机、电视机里说的一样。我告诉妈妈我还学会了外国话，可以和那些到西藏旅游的外国人直接说话。我还对她说，我去北京了，就是她知道的有天安门和毛主席住过的地方。我说我毕业后可以自己挣钱养活自己了，还可以孝敬她，没想到她哭得更伤心了。妈妈哭着说‘真没想到你还能养活自己，我一直担心你以后的日子怎么过，现在我放心了……’又接着大哭。我知道，妈妈这次痛哭是高兴的哭，是为儿子能自食其力骄傲的哭。妈妈哭，我也跟着哭，但我也是因为高兴才哭的。我对我们学校和老师充满着感激，没有学校和老师们，就没有今天的我。”

索朗措姆是低视力者，为同学们端饭是她的日常工作。

索朗措姆　要像爸爸一样关爱更多的人

索朗措姆，13岁，一只眼睛失明，开朗爱笑的她家住那曲地区申扎县琼门乡。父亲洛桑是地道的牧民，但就是这位藏北草原上的汉子，在女儿到盲童学校学习后，每年冬季宰杀完牛羊，都会送一些牛羊肉和酥油到学校，让所有孩子一起品尝，几年来一直坚持不懈。

洛桑每年给学校送牛羊肉的事是生活老师卓玛和厨师阿旺罗布说的。

曾到中央电视台参加过《我们有一套》节目录制的索朗措姆说："我觉得爸爸很好，他不仅仅疼我一个人，他也疼我们学校所有的孩子，他想让大家都尝尝我们家的牛羊肉，我很高兴，也为爸爸骄傲，我希望我能学好本领，以后也能帮助和关爱更多的人。"

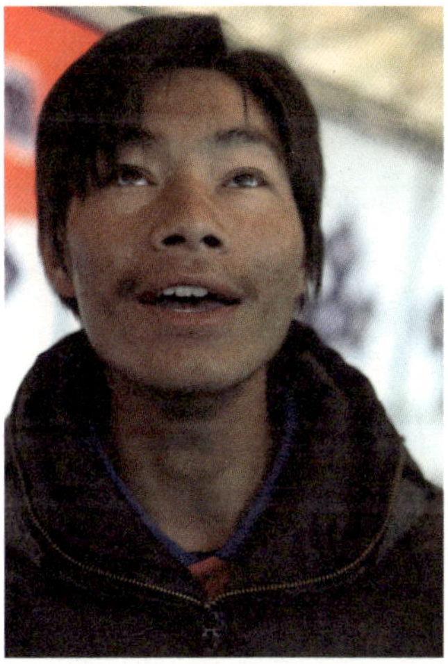

嘎玛罗布　晚了4年，我还是来了

嘎玛罗布，23岁，日喀则地区仁布县塔巴乡塔巴村人，在校3年半，喜欢唱歌。

身高一米八的嘎玛罗布是位阳光帅气的小伙子，“我的家在农村，在我小时候，我们那里的信息很闭塞，但我喜欢听收音机，16岁时，我从收音机里听到有这个学校，我就要求到盲校学习，但父母不同意，他们不相信有那么好的事，包吃包住，还能学习本领，他们认为是骗人的。19岁那年，村里来了一支医疗队，他们建议我到拉萨的盲童学校去，父母还是不同意。这一次我是坚决要去，于是我找来了村长，在村长的动员下，父母同意了我的要求。现在看来我的坚持是对的，虽说晚了4年，但我还是来了。现在父母知道了，要是我早几年来学校，可能会学到更多的东西。不过也不算晚，我现在已经拿到了盲人按摩中级等级证书，毕业后我就可以开始工作了。”

琼啦 父母很伟大，父母很不容易

琼啦，19岁，日喀则地区拉孜县扎西岗乡多门村人，2岁时因病失明，15岁经人介绍到西藏盲童学校学习，目前取得盲人按摩中级等级证书。

性格开朗的琼啦爱说爱笑，尤其爱唱歌。2010年8月，她和同校盲童孩子一起参加了上海东方卫视举办的第一届中国达人秀比赛，一曲《感恩父母心》，感动了现场所有观众和评委。评委周立波说：“这歌声让我想起一句话，盲人的世界是黑暗的，但盲人的心是明亮的。”评委高晓松说：“看不见的孩子的胸膛比我们还辽阔……”

当评委伊能静问琼啦，你唱这首歌时是一种什么样的心情时，琼啦说：“我的眼睛虽然看不见，但我能感受到父母很伟大，父母很不容易。”这就是一位看不见的女孩用心感受到的父母亲在自己心中的形象。

其实在琼啦的心里，真正伟大的还有校长萨布利亚，“萨布利亚校长是我的偶像，是我今后人生中追求的目标，作为一个盲人，我要像她那样有所作为。”

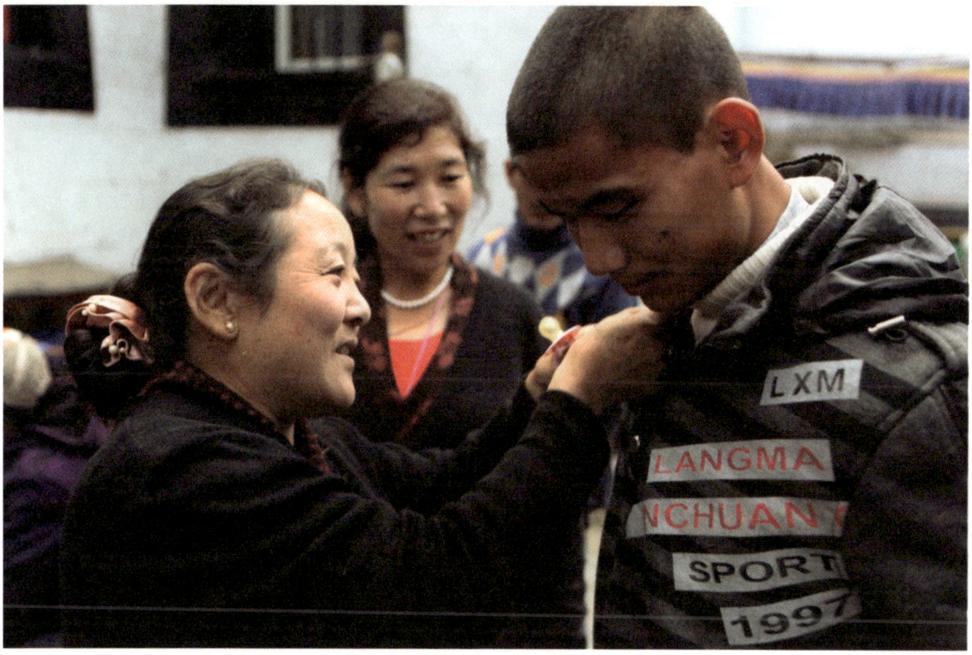

边巴次仁　我想当一个盲人保健医生

边巴次仁，20岁，日喀则市人，5岁时突然失明，平时用听收音机打发时间。14岁时，家人看到关于西藏盲童学校的新闻报道，就把他送到盲校学习文化课。18岁学习按摩技术，通过在北京的学习，已拿到盲人按摩中级等级证书。

边巴次仁说："我最大的理想是想当一位盲人保健医生。以前在家里，我从来不知道自己将来干什么，或者说将来能干什么。那时候我看不见，感觉自己没有将来，父母也没有对我提过什么要求。可能在他们心里，他们是打算养我一辈子的，他们想不到有一天我也能自食其力。现在我会多种语言，会按摩技术。父母觉得，通过在盲校的学习，我现在比很多视力正常的人都强，他们在感激学校的同时，也为我骄傲。"

索朗罗布　我要填补亚东盲人按摩的空白

索朗罗布，18岁，亚东县帕里乡帕里村人。

索朗罗布属于低视力者，他有着一头乌黑的头发，走路挺胸抬头，显得阳光健康。

一年半前，索朗罗布听一个下乡的巡回医疗队介绍，拉萨有个盲童学校，就让爷爷送他来了。

“我们家距离拉萨太远了，我们坐车走了两天才到拉萨，这是我长这么大第一次出远门。虽说进校还不到两年时间，但我已经学到了很多东西，汉语、英语、拉萨话，我都能进行交流，现在我刚从北京学习回来，可以拿到盲人按摩中级等级证书了。”索朗罗布说，“我们亚东地处偏远，据我所知，我们那里还没有盲人按摩中心，我可以来填补这个空白。我相信通过宣传应该有市场，这样我就可以自食其力了。我真的很开心，因为在此之前，周围的人和我的家人都认为我是只能被别人照顾的。我很感谢我们学校，是这里成就了现在自信而且对生活充满向往的我。”

卓玛　每次给父亲寄钱我都很高兴

卓玛，26岁，日喀则地区仁布县人，18岁通过亲戚介绍到盲校学习，拿到了盲人按摩中级等级证书。

以前在家只能做一些简单家务的卓玛，通过在盲校的学习，现在会汉语、英语，通过按摩获得的收入，能够养活自己，每月还给远在农村的父亲寄生活费。卓玛说：“以前我觉得自己什么都不行，现在我觉得我很有用，能养活年老的父亲，每次给父亲寄钱时我都很高兴。”

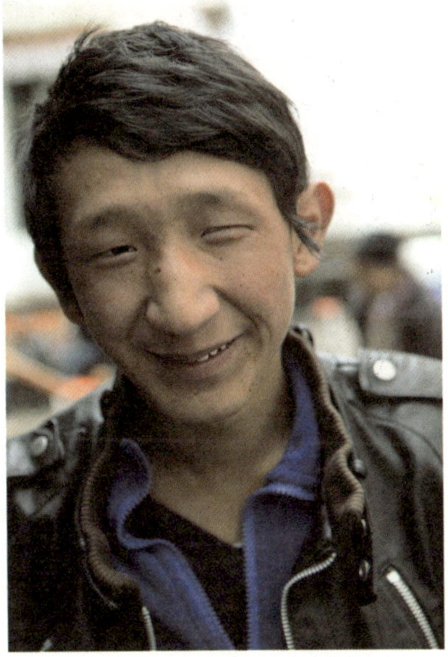

扎西顿珠　妈妈说我们校长真了不起

扎西顿珠，19岁，昌都地区贡觉县人，16岁进入盲童学校，到北京学习按摩技术刚回到拉萨。

“我们到北京学习是自治区残联和中国残联资助的项目，包吃、包住，还包学技术，我已经通过了技术考试，很快就可以上岗工作了。”扎西顿珠兴奋地说。

“我是通过姐姐介绍来盲童学校的。刚来时，一直照顾我的妈妈很不放心，每天都来学校看我。后来妈妈看到我在学校吃得好，住得也好，还交了很多朋友，更学到不少东西，最重要的是我变得开心了，也开朗了，她就放心了，后来很少到学校来了。妈妈对我说：‘你们校长真能干，很了不起，她自己是一个盲人，从国外来咱西藏办了学校，还负责管理，这对正常人来说都是一件不容易的事，她竟干得那么好，还对每一个孩子都那么好，我不知道怎么感谢她，我相信所有盲童的家长都不知道怎么感谢她好。你们学到本领，一定要好好干，也要去帮助别人，特别是那些需要帮助的人，这样才能对得起你们校长。’最后，妈妈用我们藏族人最高的礼节表达了对校长的谢意，亲自为校长敬献了哈达。”

次仁卓嘎　我想当一名导游，把家乡的美景介绍给世界上所有人

次仁卓嘎，21岁，山南地区加查县林达乡人，低视力者。

次仁卓嘎是后天失明的。10岁之前，次仁卓嘎一直是一个健康活泼的孩子，学习成绩也很好，她的梦想是考上一所好的大学，有一份好的工作，不让妈妈再那么辛苦。

但10岁那年她突然失明，让她的梦想破灭了。突然的失明对一个孩子来说是残酷的，可年少的次仁卓嘎却坦然面对了，“既然看不到了，那只有接受，再哭再闹也没有用。我在黑暗的世界没有任何抗争，家里人反倒很奇怪，但也不知道怎么安慰我。”次仁卓嘎说，“后来我叔叔在电视上看到新闻，知道了日喀则边雄乡的那所学校，我在那学习了两年，因为不太喜欢挤奶、织卡垫、制奶酪、做面包之类的技能学习，就转到拉萨这个学校了。我喜欢做按摩工作，我也到北京学习了按摩技术，考试全部合格了，只等拿等级证书了。”

让次仁卓嘎惊喜的是，她从17岁开始又可以看到一点东西了，而且慢慢的越来越清晰。次仁卓嘎赶紧去医院检查，医生说她的视力会慢慢好转一些，但完全恢复的可能性不大，做手术也不会有太大的改观。“我曾经问医生为什么我失明那么多年又会看到东西了，医生说他们也解释不了，现在我只能听天由命，只有让我的眼睛自己慢慢恢复了。”

次仁卓嘎说她最大的愿望是当一名导游。“我们的家乡真是太美了，家乡的山山水水和那些美丽的传说，还有我们的民风民俗，我都很熟悉，不用导游手册我都能解说得很好，特别是给盲人解说我更有优势。如果能给我发导游证，我相信我会是一名合格的导游，特别是在盲校我学了英语后，我对接待外宾也充满了信心。”

次仁德吉　用知识改变命运，养活妈妈

次仁德吉，26岁，山南地区浪卡子县浪卡子乡人，16岁进校学习，现在是西藏盲人按摩中心的管理者。

次仁德吉出生在农村，从小聪明伶俐的她学习成绩一直很好，她的梦想是好好学习文化知识，用知识改变命运，养活妈妈，并让家人都过上好日子。但13岁那年的突然失明，改变了她的一切。

"我记得很清楚，那天学校要举行考试，我早上早早地起床，吃完早饭我打算洗一下头，这样考试会清醒一些。但是，当我洗完头，就突然什么都看不见了。我以为是洗头的原因，心想过一会儿就会好起来的，但是最后我失望了。到医院一检查，医生说是视网膜萎缩，这萎缩没有一点征兆，连视力下降都没有，就突然失明了。"次仁德吉说，"突然的失明竟然让我心里很冷静，不知道是不懂事，还是心理承受能力好。我的平静让家里人很担心，妈妈天天守着我，陪我说话、聊天，他们怕我自杀，其实那时候我真的没有产生过自杀的念头，失明带来的一切不便我都坦然接受了。"

16岁那年，经人介绍，次仁德吉来到西藏盲童学校学习文化知识和按摩技术，由于以前她上过学，所以毕业后就留在盲童学校担任数学老师。现在，她是西藏盲人按摩中心的负责人，负责该中心的日常管理工作，西藏一批盲人到北京学习按摩技术，她是领队。次仁德吉还是西藏盲协的委员。

如今，次仁德吉实现了她儿时的梦想，养活妈妈。

次仁德吉用自己的工资给妈妈在拉萨租了一间房子，妈妈自己生活，一两周她会去妈妈那里一次，看看是否缺什么东西。妈妈除了转转经，有时也会来次仁德吉工作的地方看看。为了减轻姐姐的负担，次仁德吉还把姐姐的一个孩子接到拉萨上学，费用也全部由她承担。

"我有两个姐姐、一个哥哥，他们都有了自己的家庭，都有点自顾不暇，所以现在我一个人在养活妈妈。"次仁德吉说，"没想到我眼睛盲了以后还能靠自己的能力来养活妈妈，我曾经以为养妈妈只是我的梦想，现在我还是实现了我的梦想。"

26岁的次仁德吉现在还没有成家，其实次仁德吉也遇到过不少追求者，其中不乏健全人，但都被她拒绝了。说起原因，次仁德吉说："爸爸不负责任地留下我们兄妹和妈妈，另行成家，这给我内心留下了阴影，加上身边一些人婚姻的不幸，让我对婚姻很畏惧，我觉得一个人很好，我能养活自己，何必为自己去找烦恼。"

不过次仁德吉还是对婚姻充满着向往，"如果以后有机会再遇到对我好的人，我想我可以考虑。"次仁德吉笑着说道。

达娃卓玛　我要像旦增哥哥一样

达娃卓玛，15岁，拉萨市曲水县人，和旦增是老乡，在校学习一年。

"旦增哥哥很能干，他现在开了自己的按摩中心，还让我们学校的学生到他那里去实习，他现在是自治区盲人协会的理事，他想为我们盲人做更多的事。旦增哥哥是我的偶像，我要好好学习，将来像他一样能干。"达娃卓玛自信地说。

达娃普次 我不会像嫂子那样生活

达娃普次，26岁，日喀则地区定结县琼日乡人，一只眼睛是低视力，另一只眼睛完全看不见。

达娃普次刚回了一趟日喀则，但并没有回家，她只是在日喀则和爸妈见了一面。

“妈妈打电话说姐姐病了，我和姐姐关系很好，就决定回去看看。姐姐嫁的地方离日喀则很近，由于很久没见到爸妈了，我打电话和他们商定，我们在日喀则亲戚家里会合。”达娃普次说，“姐姐得的是肾结石，我去看她给了她700元钱，给爸爸妈妈每人800元，这都是我自己挣的钱。其实我们家条件还不错，我们有400多只羊和十多头牛，家人其实不需要我的钱，但那是我的一点心意。”

20岁的达娃普次是先天性失明，后来一只眼睛慢慢有了点视力，但还是看得不太清楚，但洗衣、做饭、挤奶、收青稞样样都行。13岁时，她到日喀则边雄乡盲人培训中心学习了一年，因为喜欢按摩，就又到拉萨学习按摩技术。现在汉语、英语口语交流都没问题，按摩也拿到了中级技术等级证书。

“我们家的牛羊都是两个哥哥在管理，但两个哥哥只娶了一个老婆。”说这些时达娃普次自己都不好意思地笑了，“这样不好，我以后绝对不会像嫂子那样同时找两个老公，我是走出了我们那个山村才有这个意识的，不然也不知道会是什么情况，因为这种情况在我们那里是很正常的。所以我很感谢我们学校，是学校让我学到了知识，增长了见识，我才会决定以后我绝对不会像嫂子那样生活。”

土旦 盲校为我的人生创造了一片新天地

土旦，18岁，林周县旁多乡人，已在校学习4年。

因为一直在学校学习，来自林周的土旦显得秀气而白皙，一点也没有高原牧区男孩的那种粗犷的感觉，更没有高原牧区人特有的高原红。

“我的家在林周县，林周县城距离拉萨很近，但我的家却离拉萨很远，因为我家在林周县旁多乡。我们那里的路况不太好，所以显得很封闭，我能到西藏盲童学校学习，是通过收音机了解到的信息。那时候我因眼睛看不到，也不能做其它事，整天抱着收音机听。收音机里的节目都很好，我成了忠实的听众，那些节目让我的心里敞亮了很多。后来听到了西藏盲童学校的消息，我就让家人把我送来了。”土旦说，“现在，我学会了汉语、英语和盲人按摩技术，在我的家乡，很多人连汉语都不会，更别说英语了，就目前而言，我是我们那里比较有文化的人。是收音机帮我打开了生活之门，让我在盲童学校学到了这么多的东西，盲校为我的人生创造了一片新天地。”

白玛 我喜欢唱歌

白玛，14岁，青海人。

白玛喜欢唱歌，也喜欢笑，而且一直面带笑容，他曾到上海参加过上海东方卫视举办的第一届达人秀。“我一直都很喜欢唱歌，唱歌让我很开心，只要唱歌，我就不会感到寂寞，而且也感到心里很开阔，我愿意唱歌给每一位爱我们的人听。”白玛开心地说。

多吉旺堆　我要让弟弟也来我们学校学习

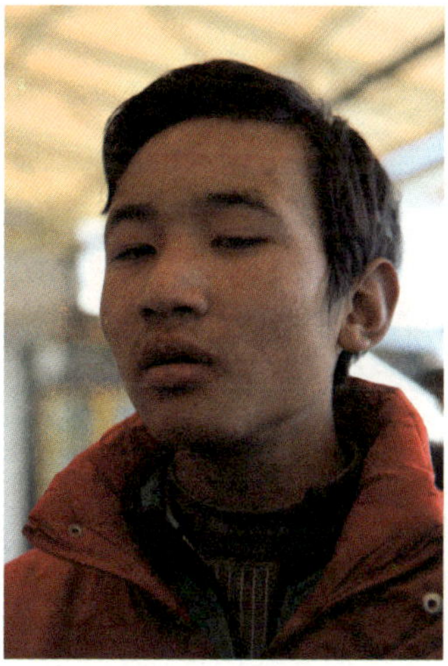

多吉旺堆，17岁，昌都地区芒康县拉吉乡人，低视力者，已在校学习4年。

17岁的多吉旺堆身高有1.78米，开朗阳光的他逢人便说："我的中文名字叫亚东，英文名字叫迈克尔·杰克逊，藏文名字叫多吉旺堆。"

多吉旺堆之所以说他叫亚东和迈克尔·杰克逊，那是因为他喜欢唱歌，亚东和迈克尔·杰克逊都是他喜欢和崇拜的歌星，"听说西藏以后有希望成立自己的残疾人艺术团，我想好好学习唱歌，将来能成为残疾人艺术团的一员。我希望用我的歌声给大家带来快乐，只可惜现在我没有老师，只有自己瞎唱，我希望能有一位专业老师教我唱歌。"

除了想唱歌，多吉旺堆还有两个愿望，一是他想等自己有钱了，把自己小时候摔掉的那颗门牙镶上，这样看上去会美观一些。第二个愿望就是尽早让和自己一样是低视力的弟弟进学校学习。"我知道越早进学校学习越好，而弟弟总以自己太小而不愿意离开家，爸爸妈妈也觉得他太小了，也不想让他离开家进学校，但和我们学校现在的孩子相比，他已经够大的了，所以今年不管他有什么理由，我都要把他带到学校，这是对他好，我就是最好的例证。"

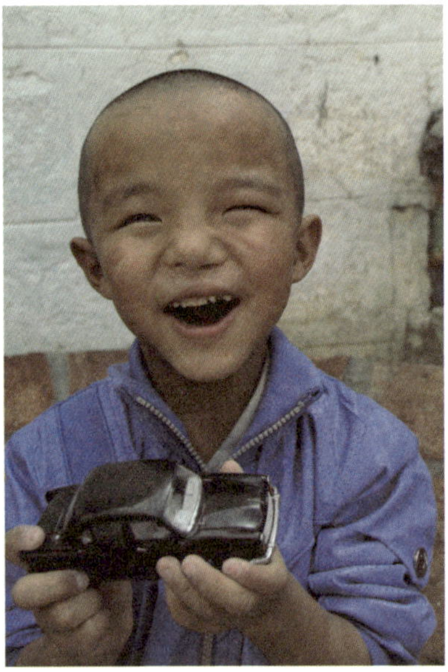

次仁多吉　那个快乐的一休哥

次仁多吉，6岁，那曲地区安多县人，低视力者。

在西藏盲童学校，可能大家不知道次仁多吉，但一说一休哥，大家都知道他是谁。

一休哥可以看到一点，所以比其他盲童更灵便一些，但他很调皮。他喜欢串班，老鼠班上课有他，可一转眼，他会串到老虎班或者狐狸班去了，很多时候他是被自己班的老师抓回去的。“这个小家伙太调皮了。”这是他的老师常说的话。

调皮归调皮，但一休哥很可爱，每次为来学校的爱心人士表演，他是最活跃的。想想他的外号，就知道这个小家伙的可爱劲儿了。

贡嘎顿珠　没有盲校我还在家放牛羊呢

贡嘎顿珠，20岁，日喀则地区拉孜县扎西岗村人。

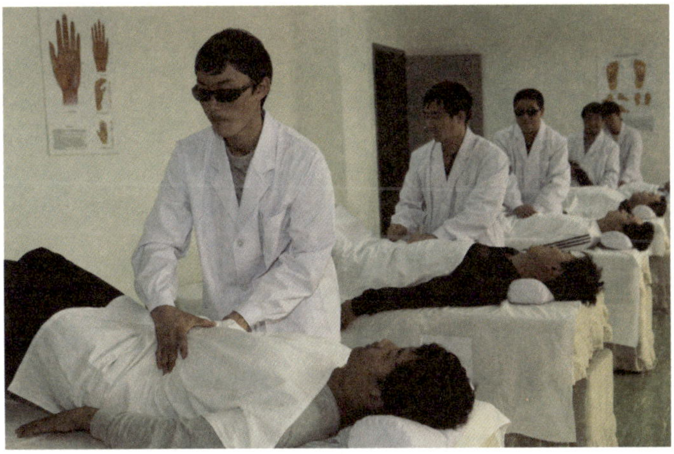

5岁因病致盲的贡嘎顿珠，从小没有上过学，一直在家看护牛羊。“在牛羊的脖子上拴上铃铛，我听声音就可以判断牛羊的位置，但我也仅限于看护牛羊，其他的事我干不了，能看护牛羊我觉得自己还是一个有用的人。”贡嘎顿珠说，“2007年，我经人介绍，才知道世界上还有专门为盲人开办的学校，于是我就进入盲童学校学习语言和按摩技术，现在我已经拿到了盲人按摩的高级等级证书。我的愿望是开一家属于自己的盲人按摩中心，自食其力，做我能做也应该做的事。我很感谢盲童学校，感谢萨布利亚，感谢自治区残联和中国残联，没有他们，我现在可能什么也不会，肯定还在家里看护牛羊呢。”

阳光洛桑　迈出第一步就是成功

洛桑，22岁，日喀则地区拉孜县人，目前在国际助残组织工作。

洛桑是个开朗活泼的小伙子，被大家誉为“阳光洛桑”。3岁那年，因为药物中毒，洛桑失明了，“我对3岁前看得见的时候没有任何印象，和那些后天失明而又有记忆的盲童孩子相比，我觉得我还好，没有对光明的留恋。”洛桑说。

15岁进入盲童学校的洛桑是一位敢想敢做的人，通过学校两年的按摩培训，他开始在学校开办的按摩中心从事按摩工作。2010年，有不少来按摩的西藏导游告诉洛桑，阿里没有按摩中心，特别是冈仁波钦一带，转山的香客很多，大家劳累时找不到按摩的地方，洛桑心动了，“万事开头难，我不能光想，不管成功与失败，我都要付诸行动。”

到了阿里，洛桑才知道那里的情况并不好，“我的店开在阿里的普兰县巴扎乡，那里的香客并不接受按摩，印度来的香客更是花钱谨慎，而其他的国外游客也不多。最重要的一点是那里海拔高，寒冷，每年能够经营的时间很短，所以我撤出来了，本来我还打算在那里开一个网吧的，只好放弃了。但这次不成功的创业经历让我积累了经验，我目前在国际助残组织授课，除了按摩技术，还有就是如何创业，重点就是如何成功地开一家按摩店。”

洛桑是西藏盲童学校第一批到北京学习按摩技术并拿到中级等级证书的学员之一，他活泼开朗，总能为大家带来笑声，所以同学们送他一个“阳光洛桑”的绰号。

“因为我的性格所致，同学和朋友都喜欢和我在一起，上街拉着我，喝酒拉着我，因为他们说有了我才好玩儿。”洛桑说，“他们拉我还有一个原因，那就是我对时尚和潮流的东西比较敏感，大家都信任我，这点我也比较自信，所以大家买衣服总拉着我帮着参考。比如我可以摸出衣服的质地，还能摸出衣服的款式是否时尚，还有我凭感觉能知道一家店铺的档次……”。

阳光的洛桑感染着身边的每一个人，因为他的帅气阳光和坦诚，他还获得了一份爱情。

洛桑的女友是西藏大学毕业的，现在已经开始工作了，“她叫仁增吉宗，曾经是一名志愿者，经常到我们学校来。她心地善良，一直在参与慈善事业，也不知道我们怎么就走到一起了。我知道她个子不高，但很漂亮，因为在我心里，那么善良的一位女孩，一定很漂亮，其实我身边的人也都说她确实很漂亮。”

“因为我是盲人，我们的爱情还没有得到她家人的认可。有时候我也想放弃，尽管心中不舍，但人家一个健全人跟我，注定会受拖累，我也很能理解她家人的心情。而仁增吉宗总是劝我，她都不在乎而且一直在坚持，为什么我想先放弃呢？”洛桑说，“其实我知道她的压力很大，但她从不在我跟前流露。她在那曲，我在拉萨，她很想我，我也想去看她，但她还是阻止了我，她不想让我在她同事和朋友奇怪的眼神中受到伤害。现在我决定了，既然我们相爱，以后不管遇到什么情况我们都会一起面对，我相信我们的真爱能感动所有人，包括她的父母。我期待着我们一起走上结婚礼堂的日子。”

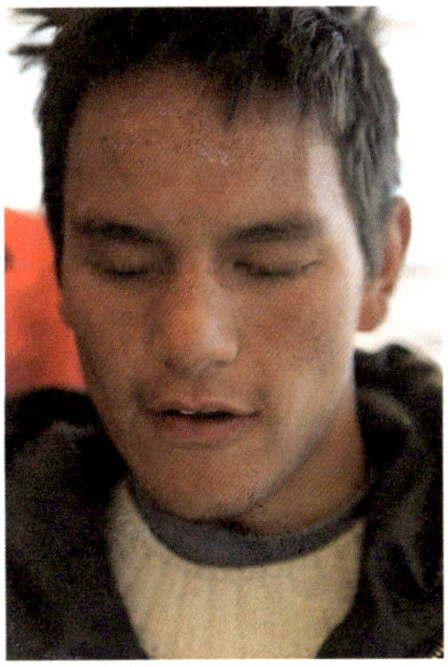

次仁，17岁，日喀则地区萨迦县雄麦乡三村人，两岁失明。7岁进入西藏盲童学校学习汉语、英语、盲文和按摩技术，经中国残联免费培训，现在取得盲人按摩中级等级证书，目前在旦增盲人按摩中心实习，接待外宾时能用英语交流。

卓玛　老师和同学的关爱让我很开心

卓玛，25岁，云南省德钦县人，在边雄乡盲童学校学习3年。

卓玛很喜欢“看”书，当别的孩子在外面打闹聊天时，她喜欢一个人静静地在屋里用手摸着读盲文，因为失明，她以前并不知道，原来读书是那么好玩并让人开心的事。“我很感谢我们学校，没有它，我不会知道这个多彩的世界。”

卓玛很爱美，因为眼球过于突出，她曾经决定把那只突出的眼球摘除，但当萨布利亚帮忙联系好相关专家时，卓玛突然临时放弃了，因为那只眼睛还有一点光感，她不想失去那仅有的一点光感，学校只好尊重她的决定。卓玛说：“我想等那仅有的一点光感消失了，再做眼球摘除手术，那样不会再有什么遗憾了。”

3年前卓玛被姐姐和妈妈送到学校就再没有回过家，她说回家没有在学校好玩。“这里的老师同学都对我很好，我现在学习了汉语、英语，还有盲文，我最喜欢读书，读的是盲文，只是现在能供我读的书太少了些。”卓玛说，“我在学校主要学习的是编织技术，但将来我并不一定就去从事编织工作，这只是我的一项技能，在学校我争取多学一些东西，使将来的生活能有更多选择的余地。”

平措，24岁，在边雄乡盲校学习3年，目前在学习奶酪制作技术。

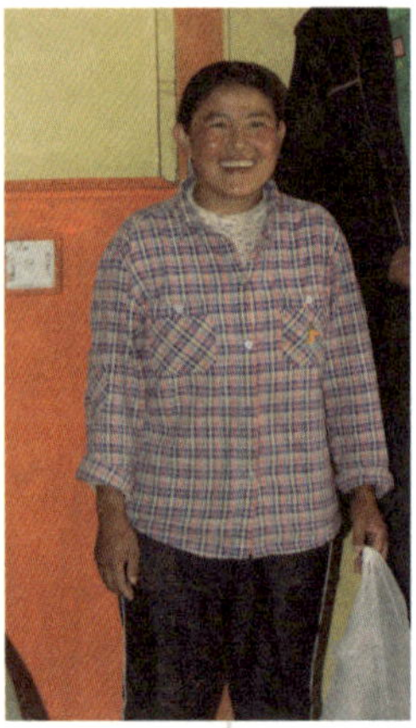

扎西次仁，25岁，在边雄乡盲校已经学习了3年，现在主要学习奶酪的制作技术，还在学习按摩技术，到时候看哪方面更适合自己发展再做决定，力争做一个自食其力的人。

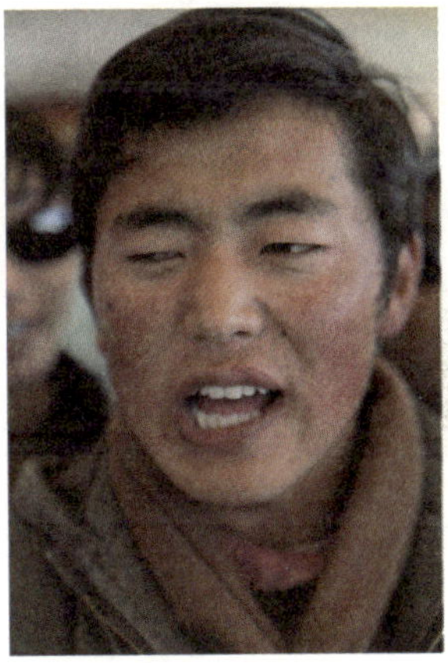

洛桑旦增　我想当一个按摩专家

洛桑旦增，20岁，日喀则地区拉孜县人。

洛桑旦增是先天性失明，从来没有看到过这个多彩的世界，但生活在黑暗中的他一直很乐观。

“在家的时候，我没有事情干，就帮亲戚家看孩子，其实也不算什么看，就是不让孩子跑出大门就行了。后来我到了日喀则边雄乡的盲童学校学习，但那些技能培训我不喜欢，后来学校根据我的意愿，把我转到拉萨的学校学习按摩技术。”洛桑丹增说，“我一接触按摩，就喜欢上了这个适合我的技术，现在我还在学习。我的理想是将来当一位按摩专家，用我的技术给更多的人带去享受和快乐。”

巴桑旺堆　过年时给爸妈一个惊喜

巴桑旺堆，23岁，低视力者，在日喀则边雄乡盲童学校学习了5年。

当巴桑旺堆从收音机里听到关于盲童学校的消息时，他已经18岁了。经过5年的学习，2010年8月，巴桑旺堆毕业并留校任教了。他的专业技能是制作奶酪，技术是从琼啦那里学到的。现在，巴桑旺堆已经开始带学生了，工资是每月500元，因为是刚刚参加工作，还在试用阶段，所以工资少了些，但是巴桑旺堆只要合格了，他的工资会涨的很快。

500元对巴桑旺堆来说已经不少了，因为几年来他在学校免费吃住，学了技能后又开始拿工资了，这让巴桑旺堆很兴奋。由于离家太远，回去一趟不方便，他即使放假了也很少回家，父母对他在学校的生活很放心，也几乎不来看他。“藏历新年我要回家过，我还要用我挣到的钱给爸妈买些礼物。我现在还没有告诉他们，我想给他们一个惊喜，让他们知道，通过盲校的教育和培训，看不清楚的儿子也可以挣钱养活他们。”

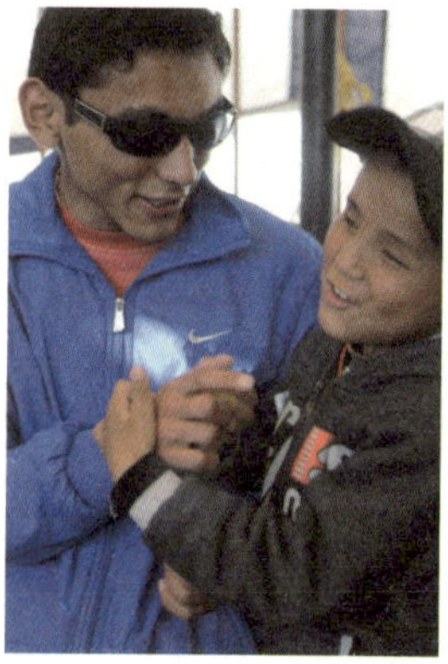

达娃扎西，22岁，日喀则地区日喀则县琼布乡人，2003年到校学习，2007年毕业后开始留校工作，担任按摩老师。现在为国际助残组织工作，在拉萨市特殊学校当按摩老师。

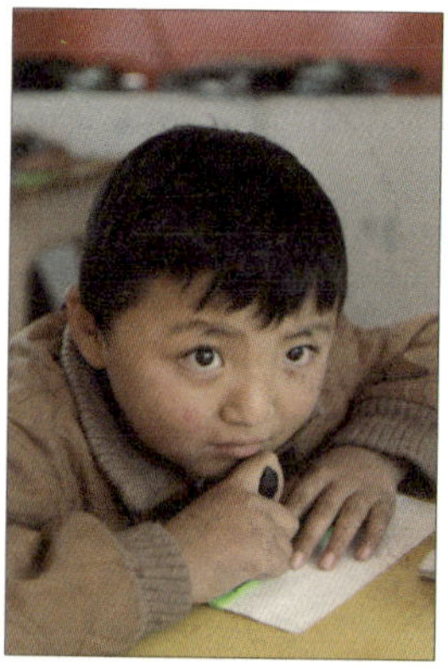

米玛旺堆，10岁，日喀则人，在校学习两年。

曲桑，28岁，日喀则地区聂拉木县松多乡人，26岁时才经亲戚介绍来到西藏盲童学校。现在还在学习的他希望自己能学好本领，将来毕业后从事按摩工作，能够养活自己，帮助别人。

央宗，14岁，日喀则地区昂仁县人，曾到北京上海等地参与演出，喜欢唱歌，颇有表演天赋。

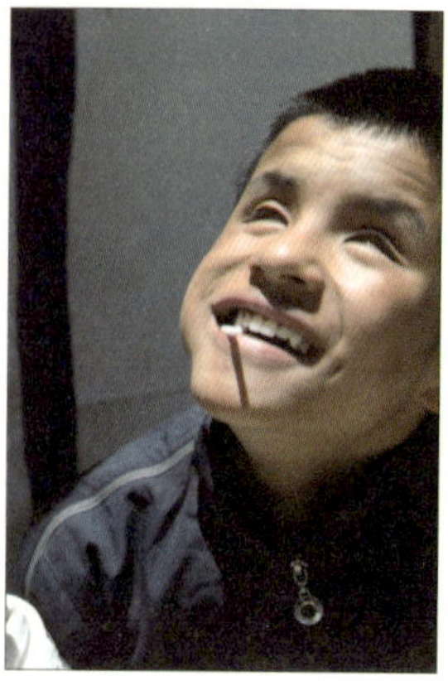

嘎玛维色，15岁，来自那曲地区。

达娃卓玛，15岁，昌都人，在西藏盲童学校读了1年，然后转到边雄乡盲童学校学习了3年。

金巴，14岁，拉萨市尼木县人，一只眼睛视力正常，在边雄乡中心小学上五年级。

达娃　我梦想有一个自己的农场

达娃，29岁，日喀则地区甲措雄乡人，在校学习4年。

从小长到25岁，达娃在家里从来没有干过什么活，平时家里人都把他当成照顾的对象，也根本不会让他干什么。而到了学校后，达娃成了有本事的人，他能饲养奶牛和马，还能挤奶，连自己用太阳灶烧水都行。

边雄乡盲童学校里，除了有奶牛，还有几匹马，其中的两匹马还是萨布利亚从拉萨骑过来的。

达娃对那几匹马很熟悉，他还为每匹马都起了一个名字，现在，那些马听到达娃的呼唤，都能听懂那是在叫自己。

达娃从来不会把马弄错，他用手一摸就知道那是谁，达娃说："每一匹马的高矮胖瘦都不一样，脸型也不一样，它们都有自己的性格，我都了解得一清二楚，从来不会弄错。"

达娃有一个梦想，就是建一座牧业加工厂，在农场饲养牛羊，然后自己加工畜牧产品。达娃说："我的眼睛是看不见，但是我对饲养牲畜和畜产品深加工的一条龙作业都很熟悉了。当年在家时什么都不会做，我也认为自己是一个废人，吃饱了等饿，但现在我有信心能做更多的事，甚至是正常人都不能做的事。所以我很感谢萨布利亚和我们学校，是他们改变了我的命运，让我一个盲人成了有用的人。"

旦增平措，20岁，日喀则地区拉孜县人，先天性低视力，15岁时通过亲戚介绍到日喀则边雄乡盲童学校学习，后到西藏盲童学校学习按摩技术，已经取得按摩师中级等级证书，目前在拉萨从事按摩服务工作，靠自己的技术自食其力。

顿珠次仁，24岁，拉萨市墨竹工卡县人，在边雄乡盲校学习了一年，目前主要学习编织技术，还没有想好将来做什么。

次仁，23岁，日喀则地区谢通门县人，在边雄乡盲校学习扎念琴，想在艺术方面有所发展。

这是一群来自天南海北的人，他们都是为了一个目的而来，关心和支持盲童。他们是生活老师，是英语、汉语、藏语、藏盲文老师和志愿者。他们中的很多人放弃了自己不错的收入和工作，甘于清贫，将自己的一腔热血全部倾注到盲童身上，用自己全部的心血抚育着这些折翅的天使。他们把盲童当成自己的孩子，关心盲童们的健康，关注盲童们的成长。罗珍、阿珍、拉珍、次仁卓玛、阿旺、琼啦、迈克、丁宇、陆雪娇……他们为盲童们的每一次进步而高兴，他们为孩子们的每一个小小的成功而欣慰……

老师、“爸爸”、“妈妈”

————用心血抚育折翅的天使

罗珍是盲校最早的老师之一

罗珍　为了孩子，她把学校搬进自己的家

罗珍大学毕业后还在等待分配时，就知道了西藏盲童学校，那时候西藏盲童学校刚刚起步，当时学校规模不大，只有五个学生。硬件设施只有一间办公室、一间厨房、一间宿舍和一间教室。有一个照顾学生生活的阿姨拉珍，平时还兼职做藏文老师。学校没有正式的文化课老师，罗珍就在那时开始在盲校当老师，在她的工作分配下来后，她还坚持在学校当兼职老师，因为她很喜欢那些盲童。

“当时学校面临最大的困难应该是资金上的问题，短暂的维持不是什么问题，但想长期坚持下去，就需要大量的资金投入，因为学生在这里包吃包住，包括学生的衣物和学习用具都是学校自己购买。随着学生的增多，包括租金、交通费、伙食费、生活消费品的增加，学校的运转越来越困难。”罗珍说，“另一方面是教师的聘用问题。因为盲校要求工作人员必须懂英、藏、汉三门语言，而萨布利亚和保罗只懂英语，学校设置的课程有汉语盲文、英语盲文、数学盲文、藏文盲文，所以很多想来代课的人都不能胜任。”

“其实那个时候学校的生源也是问题，很多时候都是萨布利亚亲自去找，听说哪里有盲童就到哪里去。很多家长不知道学校的情况，甚至会出现不信任或者抵触的情况，这时，萨布利亚就会耐心地做孩子们家长的工作，所以最初的孩子都是学校主动出击去找来的。后来，人们了解了学校，也就主动把孩子送到学校了。这时又出现了另一个问题，”罗珍说，“由于很多孩子很小，加上是盲童，他们并不知道自己的家在哪里。那时候，为了减轻孩子们的家庭负担，开学或者放寒暑假时，学校还要负责接送学生回家，有的学生住在很偏远的地方，我们都是一路上打听着送。在乡下，懂汉语的老百姓又不多，会有语言交流障碍，所以只懂汉语的老师工作压力很大。”

“后来学校的校址也出了状况。我第一次去学校的时候，他们租住的是位于曲米路彩泉特殊福利学校的房子，过了一段时间，学校不能再租那里的场地了，原因我也不是很清楚，当时学校方面非常担心，孩子们就要没有学习和居住的地方，萨布利亚急得都哭了。我们一起找了很多地方，但是根本找不到适合办学校的地方，因为萨布利亚不想让学校的地理位置远离市中心。”罗珍伤感的语气似乎又把她带回到了当年的艰苦环境，“每天我们都在为找到新校址

而发愁，甚至都打算先把孩子们送回家，等找到地方再接他们回来，可又担心好不容易找到的这些孩子再送回去，会耽搁他们的学习进度，也会让他们心理受到伤害。左思右想，我回家跟妈妈说了这件事。妈妈也很关注这些孩子的情况，妈妈立即说，‘就让他们先在我们家住下，等他们找到房子再说吧，你们这样折腾是不行的。’其实我跟妈妈说的时候，我就知道她肯定会收留那些孩子，因为她是一位非常善良、宽容、有爱心、有知识的母亲。”

就这样，盲校一大批人搬到了罗珍家，当时的罗珍家已经变得面目全非，不像一个家了。

罗珍说：“我的卧室是办公室兼卧室，大客厅变成了学生宿舍，仓库变成了厨房，除了妈妈的卧室没有拿来用，我们家其它的房间全部让出来了。院子变成了教室，我们还搭了一个大帐篷，冬天天冷了，孩子们就在宿舍里学习。那段时间虽然把我们家的生活完全打乱了，但是感觉非常幸福。因为这些孩子们的笑声，你会觉得做这一切非常值得。孩子们非常爱我的妈妈，他们亲切地喊着奶奶，纷纷在我妈妈面前争宠。平时我满足了孩子们对知识的渴望，而我的母亲却给予了他们最真最真的爱和细心的照顾，使他们觉得自己有了亲人，有了归属感，也有了安全感。”

“妈妈把盲童学校的学生全部当成自己的孩子，去疼爱他们、关心他们。当时拉珍啦因为年轻，照顾孩子方面不是特别有经验，都是妈妈教她，然后她们一起照顾孩子们的起居。那时最害怕的是孩子们生病，因为孩子小，生病是最麻烦的一件事情，不仅要送他们上医院，还要守着照顾他们。妈妈还教他们唱歌、读书、吹口琴。”罗珍说，“我记得有一年要送那些孩子回家，而我就职的学校还没有放假，不能去送孩子们。妈妈当时生病了，但是她不放心把那些孩子托付给司机，就自己去送了。因为路上寒冷、颠簸，妈妈又生着病，回来后竟大病了一场，让我好心疼，但是妈妈还给我讲送孩子的经过，她还耐心地把孩子们在学校的表现、需要关心的地方一一交代给了孩子们的父母。妈妈永远都是责任心很强的人，答应别人的事一定要做到最好。为了这些孩子她真的付出了很多，我非常感谢她！”

通过学校的教育，孩子们的身心都有了健康的发展，他们的行为也很让人感动，对此，作为老师的罗珍很有感触。

萨布利亚、罗珍带着盲童们在校园里做游戏

孩子们放假回家前，会把平时积存的善款拿出来买很多东西，他们会买什么一般人都想象不到。他们会给妈妈买头巾和梳子，给家里的厨房添个水瓢，给爷爷买烟斗，给家里的弟弟妹妹买方便面，然后剩下的钱全部交给爸妈，但却没有哪件东西是买给自己的。

“我经常看他们准备带回家的东西，还跟他们聊买什么，他们用很老成的语气说：‘爷爷之前说他那个烟斗不行了，现在肯定不高兴着呢 ，我要给他买个烟斗。’ 过年前再给妈妈买个扎辫子的彩色的扎修（藏族妇女头饰），买来买去自己什么也没有， 着实让我很吃惊。盲童的心里承载了很多东西，唯独没有他们自己。相比和他们同龄的正常小孩，往往是想都想不到的。他们喜欢和我妈妈商量买什么礼物回家，妈妈经常带他们去买他们想要买的东西。”罗珍深有感触地说，“我会尽我全力让更多的人知道他们，理解他们，在乎他们，尊重他们，帮助他们，因为他们纯得透明，从他们身上你会情不自禁地感受到现代文明中慢慢消失的很多东西亲情，真爱和善待。 ”

罗珍刚到学校工作不久，自己的工作分配就下来了，但她却在学校工作了差不多五年。

罗珍说："在盲校工作没过几个月我的分配就下来了，我被分到了拉萨的一所中学。所以我在盲校工作的这五年是兼职的，平常在学校上我的课，下课后去盲校教盲童，因为我实在是离不开他们了，从心底里爱着他们。在盲童学校的那五年，是我一生中最累但也是最有意义的五年。现在，第一批学生毕业已经有很多年了，有的回到家乡，有的在拉萨做盲人按摩，有的在日喀则经营农场，有的在盲校当管理员。吉啦就是其中的一位，她是我带的一批学生里最优秀的一个。她毕业后在学校做管理工作，很有能力。我和吉啦虽然联系不多，但是我和拉珍啦有联系，通过她我了解孩子们的一切。我有时带我自己的学生到盲校和盲童见面，让他们成为朋友，互相鼓励。还有我的朋友，他们也一直坚持去看那些盲童孩子。由于工作关系，我好久没有见到他们了，也很想念他们，希望他们永远幸福。"

罗珍和扎西

次仁卓玛带着久美触摸地球仪

次仁卓玛　和孩子们相处的4年我很快乐

次仁卓玛是罗珍的妈妈，西藏盲童学校成立之初，次仁卓玛已经退休了。当西藏盲童学校需要搬迁而又无着落时，心地善良的次仁卓玛同意孩子们搬到她家里来住。

"我记得很清楚，学校是在一个下雨天搬过来的，当时只有6个学生，一位生活老师拉珍，一位厨师益西卓玛阿妈啦。当时搬来的东西堆满了院子，为了不让东西淋湿，我们家的角角落落都堆满了，没有哪一间屋子有下脚的空。"次仁卓玛说，"因为房间不够，孩子们都是在院子里的帐篷里上课，但在那种条件下我们都过得很开心。"

说起第一批学生，次仁卓玛阿妈如数家珍：旦增、扎西、吉啦、坚赞，还有吉拉的两个双胞胎哥哥多吉和强巴。"那时候，旦增聪明懂事，扎西调皮不守规矩，坚赞乖巧明事理，吉啦活泼可爱，但吉啦的两个哥哥却因缺乏锻炼手脚都不灵活，我为锻炼他们费了很大的功夫。"次仁卓玛说，"多吉和强巴当时手不灵活，吃饭拿勺子都不灵便，走路也一歪一扭的。后来我就带他们锻炼走路，买工具锻炼他们的手，直到后来他们完全恢复正常。当他们兴奋地跑到我跟前说'奶奶，我可以走了，我也可以跑了'时，我真的很有成就感。"

"孩子们本身是盲人，已经很痛苦了，但身边人带有蔑视性地称呼他们是瞎子，这让我很看不惯。于是我就教育孩子们要自立、要自尊，不能看不起自己，要学到比健全人更多的东西，这样你们才能在别人面前挺起胸、抬起头地做人。所以他们在学到知识和技能的同时，胆量也变大了，不再畏缩了。"次仁卓玛说，"前两天我在街上碰到了旦增，他居然骑着电动车还带着人，我说你看得清吗？他说还像以前一样只看到一点点。我说那你还敢开着车在街上跑，他说那都是你教的，你不是一直让我们要胆量大一些吗？我只好笑笑，因为我确实是那么教他们的。"

次仁卓玛不是学校的老师，但孩子们的任何事她都管，包括到农牧区接送孩子和孩子们的卫生状况。

"当年我和拉珍去接孩子，坚赞的家在山南，旦增的家在曲水，我们一天可以跑一个来回。"次仁卓玛说，"坚赞家在农村，他的爸爸很朴实，我们到他家，他把家里最好的干牛肉拿出来招待我们，我都不忍心吃。我们走时，细心的坚赞爸爸还给我们找个手扶拖拉机送一程。旦增家在山沟里，那时候交通不便，实在太累走不动了我就喊，路人也帮着喊，然后一个传一个，旦增的家人知道我们来了就把旦增送下山来了。"

"这些孩子来自农牧区，刚开始不太讲究个人卫生，连洗头都不愿意。当

次仁卓玛和萨布利亚的妈妈互表敬意

时我家有全套的音响设备，可以唱卡拉OK，我就哄他们，洗完头，干干净净的孩子可以唱卡拉OK，孩子们很好奇，就同意了。后来，为了唱卡拉OK，孩子们就主动找到我，‘奶奶洗头，唱卡拉OK。’这样他们的卫生习惯就养成了。我的观点是，教育孩子不能强求，要引导，在这方面我做得还是很成功的。”次仁卓玛说，“那时候社会上也流行唱卡拉OK，我为了让孩子们体验一下，就带他们到真正的卡拉OK厅去唱歌，我对服务员提出要求，要像对待普通客人一样为他们服务。有些卡拉OK厅的老板也比较好，他们还会给孩子们送很多吃的喝的。朗玛厅也去过，孩子们还曾登台表演过。因为那时候只是演员能在台上唱，有的老板为孩子们开绿灯，他们的表演欲望很强烈，反响也很好。我做这些事是自己掏钱，为的是想让孩子们体验不同的人生。”

为了激励孩子们，每到学期结束，次仁卓玛会做总结，给表现优秀的孩子发奖品，“当时我的出发点是想激励一下他们的上进心，后来发现没得奖的孩子很失落，于是我只好临时巧立名目，学习好的、团结同学的、劳动积极的、尊敬老师的、帮助别人的，总之到最后每一位孩子都得了奖。”

孩子们看不到东西，但对周围的一切都很好奇，“我家的桌子上不能放东西，很容易被打碎。记得有一次，我养的一盆红珊瑚长了果果，不知道怎么让扎西摸到了，他先摘一颗果子尝尝，然后就一颗一颗地把果子吃完了，后来大家都知道了扎西吃红珊瑚果的事情了，同学们还爱拿这件事羞他。”

后来，次仁卓玛阿妈搬离了学校，但在搬家后的第一年她还把全体学生接到自己的新家过藏历新年，然后大家还一起唱了卡拉OK。

“和孩子们在一起的那4年，虽然很吵闹，也很繁乱，但我们都很开心，那段时光在我和孩子们的心里都留下了美好的回忆。”次仁卓玛说，“现在学校的条件好了，孩子们吃的、喝的、穿的都很好，已经不需要我的帮助了，毕竟我的能力有限，要知道，当年我要是不给孩子们零食和饮料，他们就没有这些东西吃，比起当年，现在可以说他们的东西太丰富了。”次仁卓玛说，“有机会我还会把孩子们接到我这里，大家一起做游戏，回味一下曾经的快乐时光。”

萨布利亚、保罗、萨布利亚的妈妈、罗珍、次仁卓玛和盲校的第一批学员在一起

保罗对益西卓玛老阿妈为盲童们所做的一切深表感谢

益西卓玛老阿妈　我的爱心不会枯竭

已经从盲童学校退休回家两年多的益西卓玛啦，在每年的国际盲人节时，都会和家人一起带着礼物和盲校的孩子们一起过节。孩子们听到阿妈啦的声音，都会围过来和阿妈啦亲近，因为阿妈啦曾经和他们朝夕相处了10多年。

1998年，学校刚刚成立不久，需要一位厨师，当时益西卓玛阿妈啦和弟弟一起经营一家藏餐馆，生意很不错，一个月有6000多元的利润，这在当时确实算一笔不错的收入了。

阿妈啦的妹妹卓玛因曾经为萨布利亚当翻译而成为了好朋友，一次带萨布利亚到阿妈啦的藏餐馆吃饭，萨布利亚品尝了阿妈啦的手艺后赞不绝口，当感知到心地善良的阿妈啦后，萨布利亚立即说她的学校需要一位厨师，但是待遇不是很高，问阿妈啦愿不愿意去她的学校工作。

出于对萨布利亚的敬重，阿妈啦同意了，"人家一个外国人，为了西藏的盲人孩子能做那么多事，我为什么不能？于是我就把餐馆交给了弟弟经营，去盲童学校上班了。"

当时阿妈啦在学校的工资是500元。每天，阿妈啦要从远在西郊的家里骑自行车出发到当时位于曲米路的学校，然后自己去买菜做饭，工作量很大。阿妈啦说："我的家庭条件不好，没有更多的钱来帮助这些孩子。但我有一颗爱心，这些孩子需要我，我就很开心了，当时根本没有想过自己能挣多少钱，又为放弃餐厅损失了多少钱。"

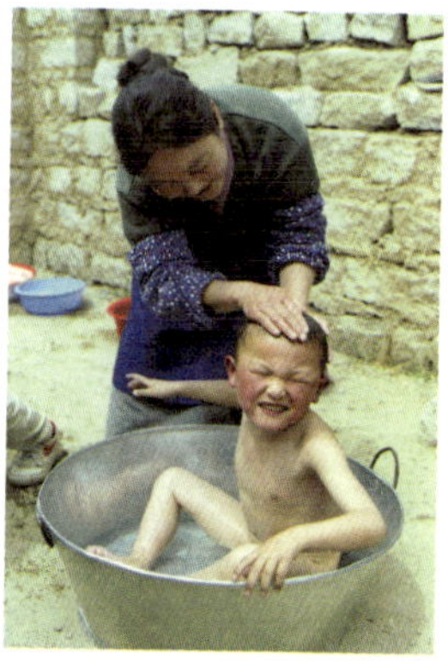

益西卓玛在给久美洗澡

益西卓玛在给盲童们盛饭

10多年里，阿妈啦对孩子们无微不至的关怀照顾，赢得了孩子们的尊重，那些孩子都随时和她保持联系，还到她的家里去看她，即使她已经不在学校工作了也一样。

当年的盲童孩子长大了，工作了，还依然把阿妈啦当作亲人。旦增和扎西的盲人按摩中心开张了，还请阿妈啦和其妹妹卓玛来参加庆祝仪式。阿妈啦说："孩子们有这份心就够了，我去给他们献了哈达，还送了红包，虽说钱不多，但那是我对孩子们的一点心意，因为他们把我当作了亲人。"

不管是在盲校工作，还是已经退休在家了，阿妈啦对孩子们的感情都是一样的。藏历新年到了，阿妈啦总是把那些不能回家或者没有家可回的孤儿盲童接到自己的家里，和自己家人一起过年。国际盲人节是盲童孩子的节日，阿妈啦总会和家人一起掏钱买一些孩子们爱吃的零食发给他们，"过节嘛，我想让孩子们高兴一些。"

2010年的国际盲人节，由盲人孩子自行举办的庆祝晚会上，阿妈啦作为嘉宾被邀请参加，阿妈啦很高兴，"这是孩子们在用他们的方式来表达对我的敬重，我已经很满足了。"

现在，阿妈啦的爱人、妹妹和孩子都在为帮助西藏的盲童孩子们努力着，"我一直就是这么认为，人家萨布利亚不远万里来到中国，为我们的孩了做事，我没有太多的钱，但我的爱心可以一直延续下去，也可以传递给身边的每一人。只要孩子们需要，我的爱心就不会枯竭。"

盲童们都把益西卓玛当成妈妈

卓玛 盲校第一批学员，是我和萨布利亚骑马找来的

卓玛是益西卓玛阿妈啦的妹妹，当年益西卓玛阿妈啦能到西藏盲童学校做饭，就是她介绍认识的。卓玛说，当年盲校的第一批学生就是她作为向导和翻译，与萨布利亚一起骑着马，走遍拉萨临近的山村，挨家挨户去找来的。

卓玛说：“那时候学校刚刚成立，还没有学生，别说农牧区的人不知道，就连拉萨的人都很少知道有这么一个学校。于是我和萨布利亚还有她的朋友一起到处去找学生。当时没有车，我们在拉鲁湿地旁的农家租来几匹马，就这样我们上路了。由于我们都没有骑过马，一天下来，大家累得连路都走不了啦，不过慢慢适应后就没事了。其实最难的还不是找学生，而是怎么说通家长把孩子放心地交给学校。现在学校名气大了，很多人都是慕名把孩子送到学校来，而那时，我们通过各地的村委会找到孩子，告诉孩子的父母盲校包吃包住，还教孩子学习文化和技能，很多家长都不相信，他们觉得孩子看不见，什么也做不了，他们愿意自己供养着孩子，不想让孩子吃苦受累。最重要的一点是，他们不相信有这么好的事，不过现在第一批到盲校的孩子多数都成才了，像吉啦、旦增、坚赞、扎西等都很有作为了。”

“孩子找到了，也能学习了，但放假时也是一个问题。每到寒暑假，学校为了减轻那些来自农牧区孩子家庭的负担，都是学校出面把孩子们一个个送回家，我就经常趁空帮着送孩子们回家，所以很多孩子都认识我，他们都叫我姑姑，现在的孩子们还是这么叫我。”卓玛说，“在拉萨时，我没事会就带孩子们到家里玩，或者带他们出来过林卡，对于那些放假不能回家的孩子，我要接他们到我家过年，还把我自己孩子的新衣服给他们穿。我都习惯了，不去见那些孩子，我心里像缺少了什么似的。因为以前，除了姐姐在学校，我和我的一个双胞胎妹妹也经常去学校，帮孩子们洗头、理发、剪指甲，虽说我的理发技术不怎么样，但把头发理短还是没问题的，这样孩子们舒服了，也节省了经费。最近一段时间比较忙，我没顾上去学校，听说那位叫尼玛平措的孩子生气了，说姑姑不好，姑姑不来接他了，我反倒还觉得挺歉意的。”

“2011年藏历新年，我还打算把留校的孩子接回家来，让他们和我们全家一起过年，因为留校的孩子多数是孤儿，我要让他们体会到家的温暖。再说了，我们虽说给孩子们带来了快乐，他们同时也给我们带来了快乐，我们全家都很高兴。”卓玛说。

嘎玛曲珍 仓姑寺的尼姑成了盲童们的妈

嘎玛曲珍，39岁，曾经是拉萨仓姑寺管委会副主任，在校12年，被孩子们尊称为妈妈。

15岁出家仓姑寺的嘎玛曲珍，在仓姑寺当了12年的尼姑，由于人品好，加上聪明能干，她后来成了仓姑寺寺庙管理委员会的副主任。“说是副主任，其实寺庙的很多事都是我在具体做，管理100多人的日常事务。后来实在太累了，我决定辞去副主任职务，想清闲地当一个纯粹的尼姑，但是各方面都不同意，他们说除非我不再当尼姑，否则不许辞职。”嘎玛曲珍笑着说，“我一直不知道如何辞去职务，反倒是他们提醒了我，那我就不当尼姑了，于是我就辞职了。”

辞去管委会副主任职务，又不当尼姑了，为了生活，嘎玛曲珍很想找一份工作，她对身边的朋友说：“帮我留心一下有没有适合我的工作，最好是能够帮助别人需要爱心的那种工作。后来有一位外国朋友介绍我到西藏盲童学校去。那是1998年底，当时学校刚成立不久，我去面试时，见到的就是萨布利亚和保罗，他们告诉我学校可能要搬家，如果考虑好了，可以到学校的新校区报到，我就这样来到了盲童学校，因为这份工作很适合我找工作的初衷。”

“当我到西藏盲童学校现在的地址朗顿巷10号报到时，学校的环境并不太好，各方面条件也很差，盲童也不多，很多时候，我看到生活老师都是在用手

盲童们每次取得好成绩都要向嘎玛曲珍老师汇报

为孩子们洗衣服，因为那时候学校连洗衣机都没有。”嘎玛曲珍说，“当时学校安排我教孩子们藏语和盲文，看到那些点点（盲文），我心里发虚，我说什么时候我能学会那些点点的意思。萨布里亚安慰我说，‘别着急，慢慢来，很快就能学会的。’萨布里亚的鼓励给了我信心，我确实很快就学会了，就这样我在学校一待就是12年。”

“教盲童学习比教正常的孩子需要更大的耐心和爱心，我很快适应了这份工作，看到孩子们一天天地在增长知识，我也很高兴，特别是孩子们对我的依赖和对我的爱让我很感动。说实话，孩子们暑假不回家，只是在放寒假时才离开学校，寒假一般是两个月，所以孩子们一年和我们老师在一起的时间，比和他们的父母在一起的时候还多。”嘎玛曲珍说，“孩子们的家长看到的只是变化后的孩子，而孩子们的每一个成长瞬间都是看在我们老师的眼里，他们的哭，他们的笑，包括他们的一举一动。”

目前在拉萨市三高读书的巴旦、索朗彭措和卡加先，从上小学到中学再到高中，第一天进校都是嘎玛曲珍送的。“这几个孩子进校门时，特别是上小学的第一天，他们在离开我时哭得一塌糊涂。他们这个时候真的把我当成了妈妈，而别人也以为我是他们的妈妈，这种孩子迈出第一步的离别之痛，可能他们真正的父母反而没能体会到，我真的很开

嘎玛曲珍带领盲童们从深圳万科表演归来

次仁顿珠用按摩来表达对老师的感恩

心。”嘎玛曲珍说，“孩子们曾和我说，从小学到初中一直到高中，第一天入学都是曲珍妈妈送我们去的，等我们考上大学了，希望曲珍妈妈还能送我们去。我告诉他们，只要需要，我一定去送。其实我心里没谱，不知道到时候能不能去送他们，因为考上内地的大学，那路费对我来说可是一笔不小的费用，但如果真到了那一天，我会尽量满足孩子们的愿望。”

还俗12年的嘎玛曲珍，留着长发，穿着休闲服，一说话就爱笑，她的笑容和孩子们在一起时更加灿烂，让人一眼看去就是一个标准的贤妻良母。“这么多年了，和孩子们相处有感情了，他们需要我，我也离不开他们，我自己也没有打算成家，学校的孩子都是我的孩子。如果学校需要，我会一直干下去，不管遇到什么困难。”说话时，嘎玛曲珍的眼神早已追随着院子里孩子们的身影而去。

迈克　一位穷得连10块钱都没有的慈善人士

迈克，69岁，加拿大人，已在日喀则边雄乡盲童学校工作了6年多。

迈克很低调，从来不愿向人说起他为边雄乡盲童学校工作的事，但是他愿意向身边的朋友介绍边雄乡盲童学校，他告诉朋友们学校的孩子需要关爱，学校的运作需要爱心人士捐助资金。

迈克其实不穷，他有自己的退休金，但他的退休金全部捐给了边雄乡盲校的孩子们，所以，迈克经常会说，他很穷，穷得连10块钱都没有。

迈克把盲校的老师和盲童都当作自己的孩子

迈克确实很穷，平时，他穿的衣服几乎是冬季一两套、夏季一两套，很少有像样的换洗衣服。其实并不是迈克不修边幅，是他不愿意把多余的钱用在穿着上，他可以用那些钱做更多他认为有意义的事，比如说帮助那些需要帮助的盲童。

迈克在边雄乡的同事们都知道他的“穷”，边雄乡盲校负责人阿珍最为清楚，“每次我们进日喀则市区，他也会看到自己喜欢吃的东西，但我可以看出他那渴望的眼神，可他仅仅是看看，舍不得买，他也确实没有钱买。每次都是我主动说：‘迈克，你喜欢吃什么，我来请客，不用你掏钱的。但迈克接受我们请客的时候还是很少，连他喜欢吃的西餐平时也只是想想而已，绝对是舍不得吃的。’”阿珍说，“一次，有一位从北京来的董总看到迈克很清苦，问我迈克需要什么，我告诉董总，千万别给迈克钱，只要他有钱都会给学校，或者用于孩子们的支出，给他买套像样的西装吧，因为有时候我们要参加日喀则地区外事办举行的活动，他连件像样的衣服都没有。”

迈克对工作很认真，他把自己的钱捐给了学校，但从不愿占学校一分钱的便宜。学校里自己养牛，自己制作奶酪，但每次迈克吃奶酪都是自己掏钱买。这点，是迈克多年来养成的习惯。

69岁的迈克不知道在西藏还能坚持多少年，但他的无私、他的执着让人相信，只要身体条件允许，他会一直一如既往地坚持下去。

阿旺和琼啦　盲童们心中真正的父母

阿旺，仁布县人，先在西藏盲童学校工作，后成为日喀则边雄乡盲童学校负责人，已为盲童工作十余年。

琼啦，拉孜县人，在认识阿旺之后进校工作，现在已工作十多年。

阿旺和琼啦是一对夫妻，现在都是日喀则边雄乡盲童学校的负责人，在学校成立之初，就在该校工作，是学校所有孩子名副其实的父母。因为他们常年在校守候在孩子们身边，孩子们都叫他们爸爸妈妈，学校里所有孩子不管遇到什么问题，都会习惯性地找到他们，在这些远离家门的孩子心中，他们俩就是自己的父母。

来自日喀则地区仁布县的阿旺，在进入西藏盲童学校之前是在拉萨的八廓街做生意。那时候，他经常看到有几个盲童孩子到八廓街购物，那些孩子很开朗，并不觉得可怜，但阿旺觉得这些孩子可能需要帮助，就问他们是哪里的，然后就找到了现在的西藏盲童学校。

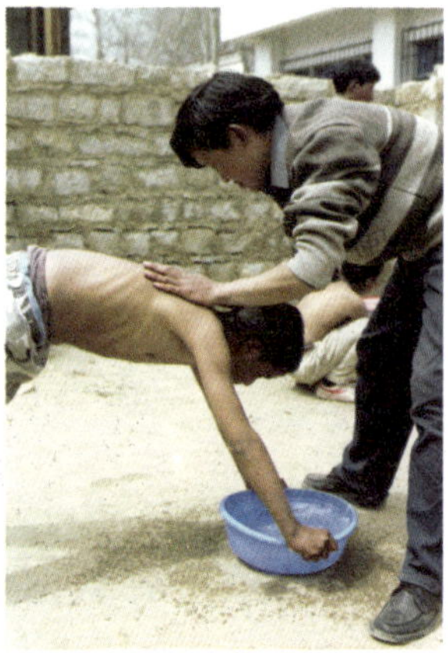

最初，阿旺只是买一些东西去看孩子们，和他们一起玩，后来学校需要老师，阿旺就放弃了自己收入不错的生意，专门到学校照顾和教育孩子们。

当年学校给阿旺的工资是350元，那是1998年，但那个时候，阿旺做生意的收入每月在3000元左右，阿旺没有考虑自己的损失，出于对孩子们的爱，他毫不犹豫地放弃了。

琼啦是通过阿旺知道西藏盲童学校的，那时候琼啦也在八廓街做自己的小生意，收入也不错。

琼啦和阿旺认识很偶然。1999年藏历六月初四的那天，按照习俗，很多转经的人要在山上搭帐篷过夜，碰巧，琼啦和朋友们的帐篷与阿旺及朋友们的帐篷相邻，都是年轻人，大家很快就认识了。那次相识，琼啦对善良寡言的阿旺很有好感，并约定要到阿旺所在的盲童学校去看看。

第一次到盲童学校，琼啦就被那些天真开朗的孩子们感动了，她没有犹豫，没有嫌弃，主动帮孩子们洗手、洗脸、洗头、换洗衣服，她的耐心和爱心被在场的学校负责人保罗看到了，保罗私下里找到阿旺说："你的那位朋友很好，很有爱心，她可以胜任这里的生活老师。"

阿旺试探性地问琼啦，没想到琼啦竟爽快地答应了。就这样，以后可能成为大老板的两位年轻人都放弃了自己的生意，专门在盲童学校当起了老师。

说起两个人走到一起最看重对方的哪一点，阿旺和琼啦的观点惊人地一致，看重对方的善良和爱心，能对那些需要帮助的盲童全身心地去关爱，这种人是可以托付终身的。

有人说他们俩若不放弃自己的生意，这么多年或许把生意都做大了，因为很多比他们起步晚的生意人在八廓街都发财了。但阿旺和琼啦却不这么看，他们觉得社会上现在有钱人很多，但像他们俩这样当盲童孩子父母的人却不多，"我们放弃了生意，或许社会上少了两个有钱人，但盲童学校的孩子却有了如亲生父母般疼爱他们的亲人。"

2000年，日喀则边雄乡盲童学校成立时，阿旺和琼啦一起来到这里帮助萨布利亚和保罗筹办学校，并开始管理学校。现在，阿旺是学校的司机、水电工、打字机维修工兼学校的采购和翻译。而琼啦是学校的奶酪制作师傅，还兼校医。说是校医，只是给孩子简单的头痛、发烧之类的小毛病吃点药，照顾一下，严重的她都要送到学校附近的乡卫生院去。因为琼啦没有专门学过医，只是从当藏医的爸爸那里了解了一些医学知识。

琼啦制作奶酪的手艺是绝对一流的，她曾经到荷兰专门学习过，据说拉萨的喜来登五星级大酒店的德国西餐师傅品尝了她制作的奶酪，打算要与学校签订一个长期供货合同。琼啦说她的奶酪之所以口味特别，主要是从养奶牛开始都是用纯天然饲草，没有现代设施介入，是纯绿色天然食品，因此产量也不大。现在，琼啦正在对学校的盲童孩子进行奶酪制作培训，她要让那些孩子自食其力。

结婚多年了，阿旺和琼啦现在还没有自己的孩子，“全校的孩子都是我们的孩子。”阿旺和琼啦异口同声地说。

工作这么多年了，离家也不远，但阿旺和琼啦很少回家，都是家里人抽空到学校看他们。“学校虽然有假期，但即使放假时还是有孩子不回家，或者是没有家可回，我们要在学校陪着他们。”阿旺说。

阿旺和琼啦的工资都不高，一般情况下帮不了家里什么，反倒是家里人有空给他们送一些自家产的菜籽油、酥油、糌粑、牛羊肉之类的。“现在我们双方家里人过得都很好，不需要我们的帮助，家里人来看我们时，送一些东西，我们都拿到学校食堂和孩子们一起吃，因为这么多年了，我们从来没有单独开过伙，一直都是和孩子们一起吃食堂。”

阿旺其实很不善于和陌生人交流，说话时甚至还显得有些害羞，但他一和孩子们在一起，那种慈爱和关心的神情就自然地流露了出来，表情也很放松，那是一种娇宠和溺爱孩子的表情，不知道的人根本看不出他和这些盲童孩子没有任何血缘和亲缘关系的。

“和所有的父母一样，当我们看到这些孩子一天天地成长，一天天地增长知识和技能，能够走向社会自食其力，我们也很开心。我们不需要孩子们的回报，世界上没有哪一位父母在养育孩子的时候想到将来要孩子们回报的。”阿旺说。

10多年来，阿旺和琼啦工作和生活是不分的，工作就是生活，生活也就是工作，因为他们随时和孩子们在一起，生活的家就是学校，工作的学校也就是家，即使是在半夜也会被有需要的孩子唤起，他们俩是孩子们全天候的老师和父母。学校里很多孩子，在自己成长的历程中，和自己亲生父母在一起的时间还没有和他们在一起的时间长。

但阿旺和琼啦最终还是为了生活离开了。

2011年3月他们离开了10多年来倾注了全部心血的盲校和盲童。在学校举行的告别仪式上，学生们哭了，老师们也哭了，阿旺和琼啦也都哭了，有的孩子因为太伤心竟然晕厥。那泪水充满了离别的酸痛和难言的不舍，师生们的眼泪是对阿旺和琼啦付出的回报，阿旺和琼啦的眼泪是对学校和盲童们的不舍及无奈。

阿旺和琼啦要走了，但孩子们摸索着冲向前，堵上车门不让他们上车，直到他俩承诺会随时来看孩子们，大家才依依不舍地放行。

阿旺和琼啦会来的，因为这里有他们挚爱的孩子，有他们奉献了10多年的一草一木。他们走了，他们的心留在了盲校和孩子们的身边。

阿旺和琼啦是一对恩爱夫妻

阿珍　学校全体人员的娘家人

阿珍是一位精明干练的女性，曾在涉外的社会团体中工作过，有着丰富的工作经验。现在阿珍负责日喀则边雄乡盲童学校的管理工作，特别是外联工作。“我们学校很多老师都是干实事的，默默地工作，都很棒，但对外交往却有些缺陷，所以学校的对外事务都是我负责。”阿珍说。

“其实我以前的工作待遇比现在好，但工作一段时间之后，我发现现在的工作很有意义，能为这些孩子工作我感到很幸福，他们也很依赖我，尊重我，这让我很开心。”阿珍说。

学校里会经常来一些国内外的爱心人士，阿珍要出面接待，向大家介绍学校的情况，让更多的人了解学校，了解这些孩子。

在日常管理工作上，阿珍最在意的是账目清晰，每一笔善款都有记录，每一笔款的用途去向也都清晰明了。“我要用好每一笔款项，不让那些爱心人士失望，不让学校失望，也不让萨布利亚和保罗以及孩子们失望。”阿珍说，“做这些事全凭我们自己的责任和良心来自我监督，比如像迈克，他喜欢学校的奶酪，但他从不免费享用，都是自己掏钱买。比如我们学校的老师，包括我自己，吃学校生产的面包都是自己掏钱买，因为我们学校的每一笔收入和支出都记得很清楚。就拿学校自产的面包来说，原材料是多少，出产面包多少，卖出多少，都有详细记录，所以我们自己买面包也都是如数交钱，奶酪也一样，就连我们学校自产的蔬菜也都同样有记录。”

学校孩子们自己做的面包很好，但销售却成了问题，因为学校距离日喀则市区有一段距离，消费者也不是很了解，为打开销路，阿珍亲自出马，找超市、找社区、找单位洽谈，还带消费者到学校亲自观看孩子们是如何制作面包的，很多消费者在品尝了面包之后就立即订货了。

为了满足消费者的需求，了解自己产品的不足，阿珍还印发了传单，进行市场调查，很多消费者得知自己买到的那么优质的面包出自盲孩子之手，惊讶之余更多的是感动，所以他们也尽力向身边的人推荐盲校的面包。因为大家都清楚，他们吃到的不仅是孩子们制作的优质面包，他们的购买还包含有对孩子们自食其力的支持和关爱。

“现在面包的销量越来越好了，偶尔遇到学校停电不能供货，消费者也能理解，但这需要我去向消费者解释，大家都很支持我们。以后我打算在日喀则市区开一家盲人面包房，让更多的人对我们的产品有一个直观的了解，相信那样销量会更好，毕竟这个社会上好心人很多。”阿珍说。

2006年进入学校工作的阿珍，一心都扑在了工作上，她的家也成了学校的总后勤部，全校师生都把她家当成了自己的家。

阿珍的家在日喀则市区，平时学校的孩子生小病都是到边雄乡卫生院救治，只有边雄乡卫生院处理不了的才到日喀则就医。只要到了日喀则，患者需要什么都是从阿珍家拿。

“我家离医院不太远，方便，再说是我们学校的人，我都把他们当作自己的家人，早习惯了，不明就里的邻居总以为我们家怎么会有那么多亲戚。学校的老师次央和仓木决生孩子都是从学校送到日喀则医院的，生孩子所需用品多数都是从我家拿，被子、衣服、酥油茶、甜茶等只要我家有的，都拿，连产妇所需食物也是我在家做好送到医院的。”阿珍说，“我很庆幸我有一个好老公，他非常支持我的工作，他说学校很多人都是只身在外，我是学校的负责人，就应该承担起学校的所有责任，所以我家成为学校临时的后勤部就不奇怪了。我很骄傲，我是学校全体师生的娘家人，这是全体师生们对我的信任和依赖，我希望自己以后能做得更好。”

为盲童们工作，阿珍感到很开心

拉珍　我要永远做孩子们的妈妈

今年37岁的拉珍，从西藏盲童学校建校开始就在学校工作了，那时候学校刚刚成立，还没有招到学生，也没有老师，只有创办人萨布利亚和保罗。一个星期后来了3个学生，那还是萨布利亚到处打听，上门动员来的，两个星期后就有了最早的文化课老师罗珍，另一个就是生活老师拉珍了。

拉珍的家在日喀则的仁布县农村，兄弟姐妹8人，她曾经当了3年尼姑。拉珍说当尼姑是她自己的决定，因为爸爸妈妈看到她年龄越来越大了，就让她找对象结婚，拉珍不愿意，就自己剪了头发当了尼姑。因为尼姑是不能结婚的，所以爸妈也就不再催她了。

拉珍不愿意结婚的原因很好笑，她说怕结婚后生孩子很痛苦，而且结婚后还要家里、地里干活，更要照顾老公和孩子，而最重要的一条是她最怕生孩子。

“妈妈生最小的弟弟时我已经很大了，所以妈妈生孩子的全部过程我都看到了，我很害怕，那真的很恐怖，我觉得妈妈都快要没命了，从那时起，我就决定不结婚，也不生孩子。”拉珍说。

因怕生孩子而没有结婚的拉珍却非常喜欢孩子，“我很喜欢他们，他们也喜欢我，他们多数都喊我阿妈啦。从学校开办到现在，所有孩子的名字我都记得很清楚，他们中有些孩子走出校门后，还会回来看我，有些孩子还会给我带一些小礼物，礼物不管轻重，但都是孩子们对我的一片心意。”拉珍开心地说。

拉珍刚到学校的时候，负责给孩子们做饭、洗衣服、带孩子到医院看病，还兼着教孩子们藏语。现在老师多了，各方面都有专人负责，拉珍就只负责做饭，她还兼做厨房和院子的卫生，因为她自己很爱干净。

“生活环境干净了，免得大家生病，饭食一定要干净，不然孩子们吃了也会生病的。”爱干净的拉珍说。

这么多年了，拉珍的工作和对孩子们的爱心得到了全校师生的肯定，特别是得到了保罗和萨布利亚的肯定。拉珍说："我的兄弟姐妹都生活得很好，他们不需要我的帮助。我没有孩子，但学校里的孩子都是我的孩子，他们和我一起生活的时间比和他们爸爸妈妈一起生活的时间还长，所以我们非常亲。我很喜欢这项工作，能在这些孩子成长的道路上为他们服务，我很高兴，以后不管待遇如何，我都会坚持做下去。"

拉珍是个挺细心的人

卓玛　和需要我的孩子在一起很开心

卓玛和其姐姐强巴措姆都是盲校的生活老师，因为30多岁的她们都没有结婚，她们把自己全部的爱心都给了学校的孩子们，所以学校里的老师和孩子们都亲切地称呼她们阿佳（姐姐）。

任何时候到学校，都可以看到所有的孩子穿得干干净净，那就是卓玛姊妹的功劳。

强巴措姆给大家分发点心

每天早上，卓玛和姐姐强巴措姆要帮助小一些的孩子穿衣服洗脸，带他们上厕所。带孩子们上厕所时，还要帮助那些照顾不了自己的孩子脱裤子、擦屁股、穿裤子。

空闲下来，她们还会自觉地去帮厨。虽然学校里有专门的厨师，但由于吃饭的人多，她们会去帮忙理菜、削土豆等，干一些力所能及的事，吃饭时还要给小一些的孩子喂饭。

晚上，帮助孩子们脱衣服上床睡觉，检查孩子们的衣服是否脏了，有没有衣服需要缝补，有没有孩子蹬被子了，要随时检查孩子们的床单被褥，并定时换洗等等。

卓玛和姐姐来自昌都地区，在学校工作已经6年多了，家里条件并不太好，但学校的工资也不高，每年放寒假回老家过年时，她们就把挣的钱给爸爸，只留一些回拉萨的路费。

卓玛说：“虽说学校的工资不高，但我们很喜欢孩子，和这些需要帮助的孩子在一起，我们觉得自己很有用。孩子们很依赖我们，远离家人的他们把我们当成了亲人，我们也把他们当作自己的孩子一样对待。在这里工作，我们看中的并不是钱，和孩子们在一起，简单、单纯、很开心，只要带着爱心去工作，为孩子们做任何事都不会觉得麻烦。”

卓玛喜欢把姑娘们打扮得漂漂亮亮的

次旦罗布　教孩子们技能我很有成就感

次旦罗布，低视力者，盲校按摩老师，2001年进校教授孩子们按摩技术。现在是西藏盲人协会副主席，盲人按摩学会副会长。

次旦罗布是先天性白内障患者，在他那个年代，西藏还没有盲校，他是在四川省成都市锦江区盲人按摩针灸学校学习的，“我本来可以从事按摩和针灸保健工作的，但因为办理相关手续很难，没办法，我学习的针灸技术就荒废了。”次旦罗布说，“后来我进入盲校当老师，虽说待遇不高，但能帮助盲童和低视力者学到技术，并能自食其力，我真的很开心，学生成才了，我也很有成就感。说实话，我要是办按摩中心，可能早就挣了不少钱了，但有时候，人的想法不一样，我觉得我当老师，比我挣更多的钱还开心。”

“其实当老师，特别是当盲校的老师，要比一般的老师有更多的耐心和爱心，最重要的一点还要人品好，这样才能教育好这些盲人孩子，因为他们比一般人接受能力更差一些，他们都是在摸索着学习。”次旦罗布说，“当学校放假后，还有部分学生留在学校，这时候，我们每个老师要轮流值班。所以我们老师值班时，不纯粹是文化课或者技能课的老师，我们同时还是生活老师，要给学生洗衣服、做饭，帮助小一点的孩子上厕所。孩子生病了，还要带他们去看病，这时候老师就是孩子的父母，没有爱心，这样的老师是当不好的，最起码是干不长的。我这么多年坚持下来，最大的理由就是我对孩子们的爱，特别是看到一个个孩子走出去，自食其力了，我就像所有望子成龙的家长一样欣慰。”

次旦罗布老师和斯勇老师在发红包

米玛　为了孩子们我还想考大学

米玛，22岁，2008年开始在盲校当老师，拉萨市曲水县达嘎乡达嘎村人。

米玛高中毕业前夕，父亲去世了，她因此错过了高考的机会，后来因为妹妹读书，她就放弃了学业。现在米玛在学校教孩子们语文、数学和盲文。

米玛上学时学习很好，曾在学校举办的作文比赛中获奖，还获得过优秀班干部的称号。现在家人和亲戚都希望她能继续学业考大学。米玛说："我确实想考大学，如果能如愿，当我学了更多的文化知识后，我还会回来教孩子们读书，这样我能教他们更多的知识。我喜欢他们，他们也很需要我，这就是我想上大学的原因。"

格桑曲珍　是这些孩子成就了我的梦想

格桑曲珍，23岁，在校任教两年，当雄县纳木错乡纳木错村人，高三时因母亲去世放弃高考，现在供养弟弟妹妹读书。

“我是从收音机里听到盲校需要老师的，这里有那么多的孩子需要我，我很开心。我是到盲校后学习的盲文，我负责教小班的孩子藏文和数学，他们看不见，每个孩子都要手把手地教，这需要更好的耐心和爱心。学校里包吃住，虽然工资不高，但还可以节省一些钱给弟弟妹妹读书，我很高兴，因为我一直的梦想就是当老师，是这些需要我的孩子们成就了我的梦想，我会尽量干下去，为了这些需要我的孩子。”格桑曲珍说。

丁宇　感动于萨布利亚行为的志愿者

丁宇是四川雅安汉源县人，目前是汉源二中高中部的老师。

2003年毕业的丁宇一直是汉源二中高中部语文老师，2009年，她在给学生选示范作文时，无意中看到了创办西藏盲童学校的萨布利亚的故事，当时萨布利亚·坦贝肯被评为2009年度十大感动中国人物之一。

那时候，丁宇就下定一个决心，自己要亲自到西藏盲童学校去看看，了解一下孩子们需要什么帮助，可能的话她想在那里当一段时间的志愿者。"一个不相干的外国人都能为西藏的盲童做那么多的事，我为什么不能，可以说我是在萨布利亚精神感召下到西藏做志愿者的。"丁宇说。

2009年，当她到达西藏时，却没有找到西藏盲童学校，由于时间紧，她只好无功而返。

2010年6月，丁宇所在班级的孩子毕业了，她再次来到拉萨，先去了她向往已久的阿里，回来后又开始寻找西藏盲童学校。

"我当时找了很久，很多出租车司机都不知道学校在哪里。后来我打114查电话，也没有结果。就在我又要放弃时，有一位路人告诉我，江苏路上有一个学校，不知道是不是你要找的那个学校。没想到我按照他的指点，还真找到了西藏盲童学校，那时候已经是7月初了。"丁宇说，"当时只是到学校看看，并没有特别打算。8月份，在我准备返回四川时，听说盲童学校需要一位汉语老师，最好是汉族的老师，我就主动要求留下来当老师。当时保罗和萨布利亚都在，他们同意了我的要求，但我是在职老师，不能长期在西藏，我就先回到学校，请了病假，然后又返回西藏。我的病假是一个月一个月请的，在西藏坚持了半年确实不容易。"

活泼开朗的丁宇很快赢得了孩子们的喜爱，于是，"丁老师"、"丁老师"的呼喊声响遍了整个校园。

“在西藏盲童学校的半年是我现在所经历的人生中最开心的日子。这些孩子虽然都有眼疾，更多的人是盲童，但他们在学校的教育下，没有觉得上天对他们不公平，他们心态平和，乐观积极向上，对生活充满了美好的向往，对周围的人和整个社会充满了感恩之情。我虽说教他们语文课，但在做人的道理和对生活的态度上，反倒是他们给我深深地上了一课，我从他们身上学到了很多东西，特别是让我学会了坚强，他们让我觉得，生活中没有什么过不去的坎。”丁宇说，“我的学校离西藏太远了，不然，我想让我的学生也来感受一下盲童们的生活，接受一下心灵的洗礼，这会让他们懂得什么是乐观积极向上，会让他们不再怨天尤人。”

当志愿者虽然开心，但让丁宇难以释怀的是她竟没能见上一直疼她爱她的外婆最后一面。

“我从小是在外婆的身边长大的，她一直都很疼我，给我买衣服、买吃的，还给我零花钱，这种习惯外婆一直坚持到我上大学，连我工作了，外婆还习惯性地给我零花钱，虽然不多，但那是外婆的心意，是她对我一直的爱。”丁宇说。

96岁的外婆身体一直很好，但2010年11月29日，外婆不慎摔倒了，并造成骨折，然后就一病不起，当时丁宇并没有意识到问题的严重性，只是和外婆通话，并没有想到要回去看外婆。

2010年12月29日晚，丁宇突然接到家人的电话，说外婆可能不行了，丁宇在电话里对外婆说：“外婆等我，我坐明天一早的飞机回去看您。”丁宇的妈妈在电话里说，外婆已经点头同意了，因为当时外婆已经不能说话了。

丁宇连夜订好第二天拉萨飞往成都的最早一班航班的机票，但还是未能见外婆最后一面。

丁宇说：“我在飞机上一直不停地流泪，一直叨念着外婆等我，外婆一定要等我。我也一直坚信外婆会等我，因为她向来都那么疼我爱我。”

“在机场，表妹接我上车，我问外婆怎么样了，她说没事，回家吧。我已经预感到事情不妙，但自己还是不愿意往坏处想。”丁宇哭着说，“到家后我才知道，其实外婆头天晚上在我放下电话不久就走了，家人怕我在路上出事，就没有告诉我。没能见外婆最后一面，是我今生最大的遗憾，但我为了那些爱我和我爱的孩子们，我想外婆的在天之灵会原谅我的。”

丁宇是一位有爱心和责任心的专业老师，她在教授孩子们文化课的同时，也教孩子们如何感恩。西藏电力公司的工作人员免费为盲校改造输电线路，她建议学校给对方送一面锦旗表达谢意。车刚老师默默地帮助盲校那么多年，不图任何回报，学校趁车刚老师回内地休假前一天为他送行之机，给车刚老师过了一个生日，那封情真意切让车刚流泪的《致叔叔车刚》的信也是出自她之手。从此车刚有了另一个生日，12月15日，那是西藏盲童学校的孩子们专门为他选的生日。

丁宇说：“其实盲校的孩子们都知道感恩，他们都知道叔叔车刚好，那些关心和资助他们的人好，心存感激，但就是不知道如何表达。他们太含蓄了，当他们感知到把心里的感激之情让帮助过他们的人知道，那些人也都很感动时，他们就知道如何表达自己的情感了。”

现在，丁宇要回学校上班了，因为她的“病假”不能再无限期地请下去了。丁宇说：“我真的想在拉萨找一份工作，那样我离孩子们近些，也方便帮助他们，可暂时还不太现实，但为了孩子们，我会尽力的，我希望能早日实现和他们在一起的愿望。”

吉啦说：“丁老师在盲校的这半年时间里，盲校的老师和学生及工作人员的水平都有了很大的提高，我们真的舍不得让她走啊。”

回内地后，丁宇老师几乎每周都要和盲校的老师和学生通个电话，她虽然人走了，但心却留在了学校。

陆雪姣　和盲童在一起的经历会终生难忘

毕业于南京理工大学的陆雪姣，2010年底刚刚通过了全国司法考试，将来她可以在司法系统工作，但陆雪姣说她还是倾向当律师。

上大一的时候，陆雪姣无意间从一本杂志上看到了一篇关于西藏盲童学校的报道，然后她就一直想到学校看看，但那时候学业紧，经济上也有些压力。在大学二年级的时候，她来过一趟西藏，因为事先没有准备，竟然没有找到盲校，就遗憾地离开了。

2010年，工作了半年的陆雪姣决定参加全国司法考试，于是辞去工作，专心复习，没想到半年挣的钱还不够自己花费，只好寻求爸爸的资助。

考试结束后，陆雪姣觉得自己考得并不理想，心情郁闷的她不知道是不是逃避，忽然想起西藏盲童学校，那个一直未能亲眼去看一看的学校。陆雪姣发誓，不管司法考试结果如何，她都要在西藏盲童学校义务执教一年。

2010年11月15日，陆雪姣到达西藏盲童学校，同时到达的还有她的朋友们为孩子们捐赠的60多套价值2000多元的帽子、围巾和手套。

吸取以前的教训，这次来拉萨前，陆雪姣先从网上查到了学校的联系电话，并和学校的负责人吉啦取得联系，问现在学校的孩子们最需要什么。吉啦说："现在进入冬季了，天很冷，如果方便就给孩子们带些帽子、围巾和手套之类的东西吧。"

刚刚参加完考试，用尽了自己积蓄的陆雪姣向身边的朋友发起了募捐的倡议，很快就得到了大家的支持。很多朋友又发动身边的朋友，大家一起选购了各式各样的御寒之物。陆雪姣说，很多捐赠者她都不认识，捐赠者也不认识她。

其实也有人提出资助现金，但被陆雪姣拒绝了，她说现金不好操作，对捐赠人也交待不清楚，出于对捐赠者的负责，她只接受孩子们需要的物品。

陆雪姣到拉萨后，很快融入到孩子们中间，一时间，校园里的孩子们都喜欢上了这个陆老师。

为了和孩子们拉近距离，陆雪姣主动学起了藏语，虽说她说得还不是很标准，但那些从农牧区来的孩子都能听懂，而学校的老师和大一些的孩子，虽然知道陆老师发音不地道，但都只是发出会心的微笑，有些人还会善意地进行纠正。

陆雪姣还曾尝试着给学校的孩子们做饭，由于是南方人，她习惯性地把每一道菜里都会放上一点糖，这让吃惯了藏餐和四川菜的孩子们很不适应，孩子们也不说不好吃，只是吃得很少，剩得很多。这让陆雪姣很惭愧，因为同是志愿者的来自四川的丁宇老师每次做的饭都会被孩子们抢食一空，所以后来她不敢再给孩子们做饭了，只是偶尔在自己寝室做一点自己享用。

陆老师现在会喝酥油茶和甜茶，但藏饺、“咕嘟”（面疙瘩）之类的面食还是吃不惯。因为她是南方人，从小吃惯了米饭，面食对她来说一时还难以适应。

临近年底，陆雪姣得到了一个好消息，她参加的全国司法考试通过了，她所在的补习班，全班30多人只有她一人通过。

通过了考试，陆雪姣反倒很平静，她说她一定要坚持一年，因为中途换老

师很麻烦，学校不好找老师，孩子们也很难适应随时换老师。

现在大学生就业形势不太乐观，别人都在忙着找工作挣钱，而陆雪姣却在义务执教，这对一个走出大学校门不久的大学生来说是件不容易的事。但陆雪娇说:“司法考试通过了是终身有效的，一年时间可能少挣一些钱，但这一年我和这些孩子在一起的经历会让我终生难忘。”

2011年的春节陆雪姣要在拉萨过，因为回去的路费太贵，她舍不得，连她来拉萨时，为了省钱，她都是坐火车硬座来的。“我本来想趁放寒假的时候找份工作，但从拉萨的具体情况看，不太好找，现在我只有1000元钱了，但我相信我还能坚持。”

陆雪姣现在把宣传学校的事当作了自己的事，她想建一个关于盲童学校的博客，把她和孩子们的日常生活呈现给大家，并尽力把学校推荐给身边的每一个人，特别是那些有能力帮助学校的人。

仓木决和罗布 师生间的爱情也甜蜜

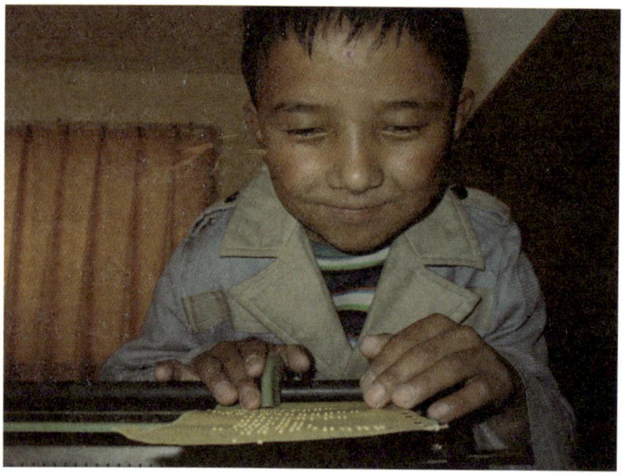

仓木决是边雄乡盲童学校的生活老师，她的办公间里堆满了洗好的和要洗的衣服，学校的盲童孩子会随时把脏衣服送来，把干净衣服取走，同时会随口喊着“妈妈妈妈，我的衣服脏了”，“妈妈，我的衣服要换了”，“妈妈我把干净衣服拿走了”，“妈妈，再见……”。

边雄乡盲童学校有两位生活老师，仓木决担任妈妈的角色，而另一位次仁卓嘎担任爸爸的角色，他们一起合作为孩子们洗衣服、洗头、理发，还要定期为孩子们洗澡，同时还教孩子们生活自理的技能。

仓木决说：“孩子们刚来时，很多生活方面的事自己都不会做，那都是他们在家时被家人照顾的结果。进入学校后，我就开始教他们自己穿衣服、穿鞋子、洗脸、刷牙。刚开始时，多数孩子都弄不好，有的孩子把鞋子穿反了，有些把鞋带系死了。由于刚到一个新环境，有的孩子会撞上门，有的孩子还会撞上床，这些我们都要一点一滴地教。现在孩子们都适应了，他们学会了穿衣、洗脸、刷牙、穿鞋、系鞋带，进门上床是几步路，哪里有台阶，现在大家都做得很好，连叠被子都是他们自己干了。”

骑木马的罗布

仓木决在校工作4年多了，4年里，她除了工作，还收获了一份爱情。

仓木决的爱人罗布是盲校的学生，不知道是不是仓木决对孩子们的耐心和爱心感动了罗布，他认定仓木决是他需要的那种善良而又美丽的女孩，于是他勇敢地对仓木决发起了爱情攻势。

最初仓木决不同意，因为她比罗布大两岁，加上罗布是盲人，在她的印象中，盲人是要遗传给孩子的，因为学校的吉啦她认识，吉啦的爸爸是盲人，他的三个孩子也都是盲人或者是低视力者，这让仓木决顾虑很大。还有，她知道自己家里人也不会同意。

但罗布的苦苦追求还是感动了仓木决，她答应了罗布的追求，并很快结婚了。

仓木决的家人对女儿的选择没有太强烈的反应，反倒是一直疼她爱她的姑姑出面阻挠了。因为她是在日喀则工作的姑姑从老家带出来的，姑姑希望她能有一个好的归宿，没办法的姑姑使出最后的杀手锏，让仓木决在爱情和亲情间选择其一。

陷入爱情中的仓木决没有被这种局面吓倒，她毅然选择了爱情，只是把对姑姑的爱埋藏在心底。“姑姑其实是为我好，她很疼我，不想让我为一个盲人受拖累，但我真的很爱罗布，我不想放弃。”仓木决说，“让我伤心的是到现在我还没有机会和姑姑和好，心里挺歉意的。”

仓木决的孩子一岁多了，父母在帮着带，让全家人欣慰的是，他们很早就发现孩子的视力正常，和一般的孩子没什么两样。

仓木决和罗布很恩爱

“怀孩子的时候我一直在担心中度过，总是在想孩子的眼睛是不是会有问题，一直到孩子出生都在担心。”仓木决说，“在孩子几个月时，我们发现他在到处看，心里才踏实，知道他的眼睛没问题。其实医生早就告诉我们，有些父母的眼睛有问题，并不一定是遗传病，但我还是会担心，现在总算放心了。”

孩子在父母身边，仓木决总是在放假时才能和孩子相聚，“罗布有空就回去看孩子，孩子对我们虽然有点陌生，但他毕竟和我们有血缘关系，处一段时间就会亲密起来。我们的爱情遭到那么多阻力，我们一定会珍惜，好好地过日子。罗布虽说看不到，但他的心很细，他对我很好，我已经很知足了，我一定要让罗布和孩子幸福。”仓木决说。

贡嘎平措 孩子们共同的爸爸

贡嘎平措，40岁，来自松赞干布出生地墨竹工卡县甲玛乡，在校工作8年。

每天烧水、看孩子们上晚自习，并担任学校的保卫工作。因为疼爱孩子，被学校所有孩子尊称为爸爸。

贡嘎平措仅上过小学，因为有文化，曾是村里的村主任。23岁那年，贡嘎平措的视力突然下降，看不清楚了。后来在朋友的照顾下外出打工，妻子因为他看不清而离家出走，留下女儿由奶奶照顾。现在女儿在内地上大学，学费由政府和亲友来出，贡嘎平措并不需要给女儿钱。

8年前，经朋友介绍，贡嘎平措开始在盲校工作，因为自己的视力和盲人差别不大，所以很能体谅盲人的艰辛，他把自己所有的精力都投入到照顾盲童的工作上。

贡嘎平措还弹得一手好扎年琴（六弦琴），在2010年10月15日西藏第一次举办的国际盲人节的庆祝活动上，他还为大家表演了他的拿手好戏——六弦琴弹奏，赢得大家的赞誉。

贡嘎平措很爱孩子，他的爱也赢得了孩子们的尊重，平时大家爸爸长爸爸短地叫，让他很开心。贡嘎平措说：“我可以看到一点，在这里我觉得自己不是视力低的人，我能发挥很大的作用，我会照顾好所有的孩子，当一个合格的爸爸，不辜负孩子们对我的信任。”

阿旺罗布　让孩子们吃好是我的最大心愿

阿旺罗布，29岁，山南地区贡嘎县甲竹林镇十三村人，在校工作三年。

“在学校为孩子们工作我很开心，每当看到孩子们大口地吃着我做的饭菜，他们在一天天地长胖、长高，我真的很有成就感。”阿旺罗布说，“孩子们都知道是我为他们做的饭菜，都喊我玛吉啦（厨师），这不是不敬，而是对我的尊称。这里的孩子每一个人都有自己的不幸，但他们到学校后渐渐变得开朗活泼了，还学到了不少技能，我为他们高兴。最初我打心里同情他们，但随着时间的推移，我开始喜欢并爱上了他们，我愿意变着花样地为他们做好吃的，就为他们尊称我为玛吉啦。”

29岁的阿旺罗布是两个孩子的爸爸，妻子开了一个小卖部，前几年，生意很好，现在开店的多了，竞争大了，小卖部的生意也大不如前了。由于阿旺罗布会做中餐、西餐和藏餐，不少朋友知道他工资不高，就建议他换工作，有些餐厅老板出的钱比他现在的工资高出两三倍，但阿旺罗布并没有动心。

阿旺罗布说：“我现在还撑得下去，如果妻子的小店不行了，为了生活，我或许会考虑一下换个工作，但现在和这里的孩子处出感情了，我愿意为他们做事，在这里，简单、单纯，干着开心，不过这种待遇和我想在拉萨买房子的预想相差太远了，但做人有时候并不都是为了钱，就像我现在做的事，我觉得比拿高工资更有意义。在这里几年了，作为厨师，我一直被社会上的那些好心人感动着，很多人送钱、送衣物，我在校的三年里，我们学校从来没有买过米面和油，都是好心人送来的。我目前在金钱上无法帮助这些孩子，但我可以用我的劳动和爱心，让孩子们吃好。”

巴旦、卡先加、索朗彭措在拉萨市第三高级中学被选为升旗手

次仁旺堆　这三个视障孩子成了我们学校的一笔精神财富

次仁旺堆，拉萨市第三高级中学副校长

“现在看三个孩子的表现，我们为当初我们学校的明智选择而庆幸，因为他们成了我们学校同龄人学习的榜样，是我们学校的一笔精神财富。”次仁旺堆开心地说。

在这三个视障孩子以优异的成绩考上高中后，一时竟难找到愿意接收的

学校，很多学校以各种理由把他们拒之门外，因为在他们之前，西藏各高中还没有遇到过盲人和低视力者随正常班就读。“我们在接收他们之前也存有很大顾虑，因为以前确实没有遇到过类似的情况，我们不知道该为他们做些什么，甚至不知道和他们如何相处。但出于学校的社会责任感，我们觉得大家都以各种理由把他们拒之门外，对这些孩子来说不公平，对孩子的长远发展来说也是不利的。说实话，我们接收他们，也是在尝试着、摸索着做这件事。”次仁旺堆说，“首先我们学校考虑把他们安排在哪个班，我们学校有很多优秀的班主任，但我们最后决定由措姆担任他们的班主任，因为措姆是女性，还是孩子的妈妈，我们认为她可能更合适。”

让三高师生们没想到的是，这几个孩子很争气，他们的学习成绩都很好，这让全校的师生很惊讶。“于是我们在全校组织了一场向他们学习的报告会。”次仁旺堆说，“在举行这次报告会之前，我们事先征求了他们的个人意

巴旦、卡先加、索朗彭措成了拉萨市第三高级中学的一笔精神财富

见，怕他们受到伤害，没想到他们都爽快地答应了，其中巴旦还说：‘老师，如果一个孩子需要调节一下气氛，我在音乐方面还是很有特长的哟。’这体现了他们的自信和开朗，他们面对困难和对待事情的态度很值得我们学习。其实那次报告会我们还是花了很多心思的，当时我们在考虑如何称呼他们，因为他们中有低视力者，也有盲人，为了不伤害他们，我们咨询后最后采用的是视障这个词来称呼他们。”

“今年开学典礼上，我们对学习好的同学进行了表彰，不仅有证书，还有奖金，其中索朗彭措一人拿到了5个单科第一名，发奖时，全校的同学都齐声‘哇、哇’地叫，这叫声就是对他们的触动。”次仁旺堆说，“孩子们的惊叹不仅仅是一句简单的惊叹，惊叹过后他们也会反思，别人眼睛看不见都学得那么好，我是一个健全人应该怎么做？这比老师一百遍、一千遍的说教更起作用。所以我说，现在这些孩子成了我们学校的一笔财富，我们为当初我们明智的决断庆幸，当然也值得骄傲。”次仁旺堆开心地说。

开心归开心，但次仁旺堆还有着他的担忧，“现在我担心他们考大学怎么办。目前在西藏，盲人考大学似乎还没有先例，好在还有两年多的时间，但愿到那时，我的这种担忧已经有了妥善解决的办法了，这样也为后来者走出一条路，对后来的盲人是一种鼓励，我希望西藏的盲人都有一个好的前途。”

措姆老师是老师也是妈妈

措姆　学习上我像要求正常孩子一样严格要求他们

措姆，巴旦、索朗彭措、卡先加所在的拉萨市第二高级中学高一年级（9）班班主任。

巴旦、索朗彭措、卡先加都说他们的班主任老师措姆对他们很好，而措姆本人看起来也确实不像一个严肃的老师，更像一位和善慈祥的母亲。

索朗彭措的学习离不开同桌的帮助

“这几个孩子视力上不方便，我只是在生活上照顾他们多一点，但在学习上我对他们的要求和正常的孩子一样严格。”措姆说，“为了方便他们的生活，我把他们的宿舍调到一楼，每个孩子都有专门的同学照顾，比如到食堂买饭，上教室上课，回宿舍休息，都有同学陪着，他们的同桌还要担任为他们读课文、练习题和笔记的任务，是他们学习上的小帮手，但前提是必须搞好自己的学习，不能耽误自己的学习。这几个孩子上课时如果发呆，思想开小差，我也会一样批评，他们是看不到，但学习上不能降低要求，我这样同等对待，这几个孩子也很高兴，觉得他们并不特殊。”

“我们班上的孩子都很有爱心，大家都很想帮助他们几个，比如说座位，现在的孩子视力都不太好，大家都想坐在前排，而这几位视障的孩子上课要全部靠听，我就把他们安排在第一排，但我并不是自己武断地这样安排，而是征求所有同学的意见。其实我也知道大家会同意，但这种征求意见的方式孩子们更容易接受，也是对大家的一种尊重。”措姆说，“当然，比如打扫卫生之类的公共事物我不用安排他们，因为安排了也没用，这点同学们都能理解。”

“最让我感动的是我们学校，每次考试，学校要在老师的办公室单独为这几个孩子安排一个考场，因为他们考试全部是口答，有时候一道题会需要反复读几遍，我们的监考老师都能耐心进行。这让我觉得，关爱他们不仅仅是我和我们班上的事，这是全校共同在做的事。”措姆说，“但我希望全社会都来关爱他们，比如他们的教材，都是西藏盲童学校老师自己翻译成盲文的，如果能有专业的盲文教材，那对他们的学习会更有帮助。”

当听说现在已经有爱心人士为他们购买了专业的盲文教材，而且是高二、高三的教材一并购买了时，措姆一连说了几句“太好了”，那兴奋之情不亚于自己的孩子得到了宝贝。

“我会尽力在生活上关心他们，学习上对他们也不会放松，不辜负学校对我的信任和希望，不辜负孩子们对我的期待。”措姆坚定地说。

同学们对索朗彭措都很照顾

卓玛次仁

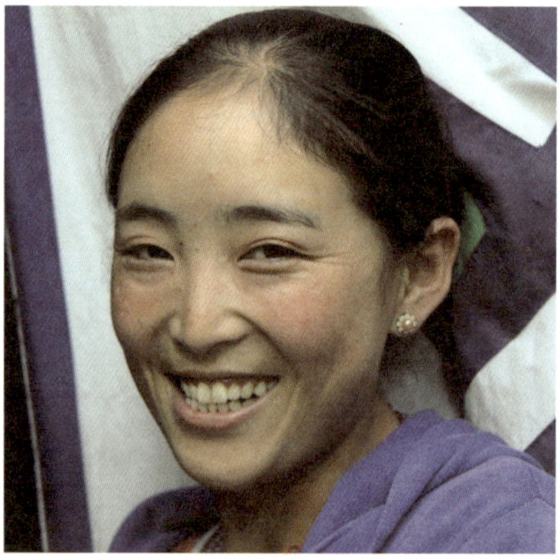

白玛

卓玛次仁、白玛　学校里的面包师

边雄乡盲校自己制作的面包已经打开销路了，而且在顾客中反响很好，这些面包就是卓玛次仁和白玛精心制作出来的。

白玛制作面包的手艺很好，但这并不是她自学的，她曾经到德国、荷兰和尼泊尔学习面包的制作技术，手艺不是一般的好。

现在白玛和卓玛次仁都是师傅了，开始带徒弟工作，他们的徒弟都是盲人，按照萨布利亚的设想，将来学校的一切，包括学校的管理、学校的养殖场、奶酪的制作、面包的制作，都要由盲人自己来做，按现在学校的运作模式，萨布利亚的设想正在一步步实现。

丹增罗布、罗布普珍、索朗普珍 绿色蔬菜的生产者

边雄乡盲童学校里有6座蔬菜大棚，这里的菜长势很好，萝卜、白菜、胡萝卜、芹菜、西葫芦等蔬菜一应俱全，这些菜可以供全校师生日常食用，如果有剩余，还可以卖一些。

70岁的丹增罗布在这里已经工作6年了，罗布普珍和索朗普珍是他的助手，蔬菜良好的长势都是他们的功劳，“其实我们这几座大棚不仅仅是为了供学校所有人吃菜，这里还是试验田，那些盲童孩子平时会来大棚亲手感知每种菜的不同，用手触摸，他们有一种直观的感觉，所以后来她们一摸就能判断出是哪种菜，孩子们来摸菜的时候都很开心。”

每个大棚里还种着不同的花，那是供孩子们闻的，丹增罗布说：“萨布利亚说过，孩子们可以闻到花香，知道哪种花是什么香味。萨布利亚很喜欢花，她曾说过，她不能看到花，但她希望那些花能给别人带来美的享受和快乐。知道了她的意图，这么多年来我们大棚的花一直都长得很好。能给那么多人带来欢乐，我们干得也很开心，因为我们的付出能给别人带来快乐。”

扎央、仓琼和拉巴仓决 她们在为孩子们坚守

扎央，21岁，日喀则人。仓琼，29岁，日喀则人。在校担任织卡垫老师6年。

扎央和仓琼在学校当老师，工资并不高，但他们坚持了6年，其实也是出于一片爱心。

编织卡垫是一门手艺，很多农牧区的人都可以靠这个挣钱，扎央和仓琼也不例外，学校负责人阿珍曾说，按她们的手艺，她们能挣更多的钱，但他们留下来教盲童孩子，也是做出了一部分牺牲的。

现在学校有一些对编织感兴趣的学生在学习编织技术，几位手工艺老师自己捻羊毛、自己印染，把不同颜色的毛线缠成不同的形状，然后告诉孩子们什么形状是什么颜色，孩子们在黑暗中也不会弄错颜色。

“当初学校让我教盲童孩子编织技术，我没有想到他们能行，现在看来他们真的能行，而且做得很好。萨布利亚的想法真的很棒，让我想都不敢想的事成为了现实。”仓琼说。

拉巴仓决负责卡垫的最后一道工艺——剪，这是卡垫工艺最难也最考技术的一道工序。阿珍说，“会这道工序的人不管是在编织厂还是在农村，都能挣到很多钱，按她们现在的待遇，能坚持下来，作为学校的管理者和负责人我心存感激，为学校，也为那些盲童孩子。但对于这些技术老师，我没能力给她们更高的报酬，我也有一丝愧疚。”

达娃、德吉和潘多 烧水做饭也开心

边雄乡盲童学校里，有三位年轻的厨师，她们三人负责全校师生的吃饭、喝水问题，都已干了几年了，其中潘多还有在国际儿童基金会工作的经历。

为了让孩子们吃上可口的饭菜，学校还曾经派她们到专门的学校学习厨艺，潘多说："学习后，我的手艺好多了，看到孩子们大口地吃着我们做的饭菜，我们都很开心。"

她们每天早晨7点钟就要起床，然后烧开水、打酥油茶，为孩子们准备糌粑，早饭孩子们还是习惯吃糌粑喝酥油茶，有时候也会熬甜茶。

之后就要准备午饭。她们其中一人要到学校的菜棚去取蔬菜，过秤、登记、洗菜，然后开始煮米饭，"由于人多，很多正在长身体的孩子吃得也很多，所以每顿饭需要20多斤大米。菜是要荤素搭配的，不然这些正在长身体的孩子会营养跟不上的。"

达娃是从盲童学校毕业的孩子，她的一只眼睛能够看到，达娃说："我现在算是工作了，因为我也拿工资，和我一起的孩子还不习惯把我当老师，她们还是习惯喊我姐姐。"

每顿饭后孩子们都是自己洗碗，"这不是我们偷懒，这是在锻炼孩子们的自理能力，现在孩子们都习惯了，他们回家后自己洗碗，家里人都很惊讶，原来看不见的孩子还可以自己做这么多的事。"

晚饭后，她们还不能休息，由于白天用太阳灶烧的水都用完了，她们还要坐下来烧水，主要是供全校师生洗脸、洗脚和夜里喝的，"晚上用水量很大，有时候要烧几个小时，早就习惯了，也不觉得累，和孩子们在一起，我们很开心。"达娃说，"而且周末时我们还可以轮休，一个人休息另两个人上班。其实在学校，休息也不好玩，要么去日喀则市区亲戚家里玩，要么就在学校里玩，很多时候干脆不休息了，还继续上班，因为上班会更开心。"

贡布和次央 盲校里的另一对夫妻

贡布，38岁，来自昌都，负责学校的后勤工作。次央28岁，来自日喀则地区定日县，负责学校所有孩子的盲文教材的翻译工作。

在边雄乡盲童学校，除了阿旺和琼啦是夫妻，这里还有一对为学校服务多年的夫妻，他们就是贡布和次央。贡布在农场和达娃一起饲养牛马，还兼管农场里的其他事务，而次央则负责全校学生的盲文教材的翻译工作。

瘦小的次央有着惊人的能量，她学习了盲文后，现在全校21名各年级小学生和8名中学生的教材全部由她来翻译制作。

次央的教材来自现在正常孩子的课本，她自己先把课本翻译成盲文，再逐字逐句地打印出来，然后装订成册，这就是盲童孩子们用的教材了。

次央和贡布的孩子已经3岁多了，就是在日喀则出生的，但为了工作，他们俩没办法照看孩子，就交给了父母抚养，现在孩子对他们很陌生。

次央说："其实在外面也能找到比学校工资高的工作，但因为喜欢这份工作，喜欢这里的孩子们，所以一直坚持了下来，而且我还会和丈夫继续坚持下去。"

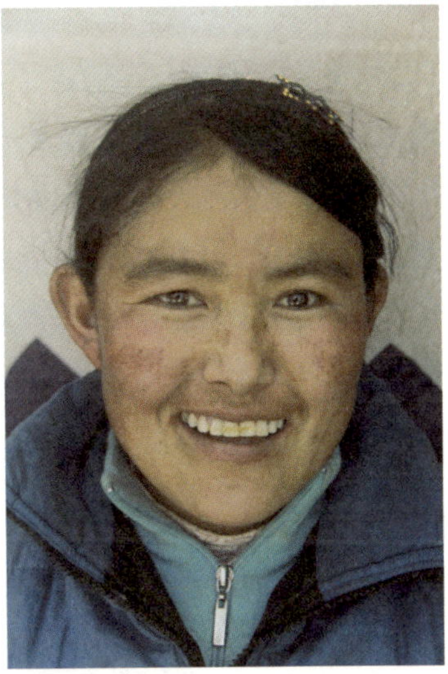
平措

平措、桑吉和巴洛　撑起农场一片天

边雄乡盲童学校的农场里，有一个培育种子和制作肥料的大棚，平措、桑吉和巴洛就在这里工作。

种子育苗有很高技术含量，对此，作为农场负责人的平措很自信："外国人能做的我们也能做，别人能做的我们都能做。"

农场的化肥全部是用树叶和植物的秸秆发酵而成的，然后用来种蔬菜、青稞和油菜，这样的肥料种植出来的作物品质更好。

平措说："我们这里出产的任何东西都是纯绿色的天然的，没有化学原料，没有农药，孩子们吃了会更健康。"

平措等人在农场都干了几年了，"我们在这里干得很开心，最大的快乐是我们在这里得到了尊重，不管是萨布利亚、保罗，还是学校现有的管理人员，都很尊重我们，特别是那些盲童孩子，更是对我们尊重有加，所以不管工作多困难，压力多大，我们都愿意干下去。"

这是一个特殊的群体，他们有西藏本地人，有长期在西藏生活的外地人，有到西藏旅游的过客，也有专门为西藏盲童而来的人。他们都有一个共性，关注西藏盲童学校，以自己的方式来关爱西藏盲童，小到帮助盲童洗脸、洗头、聊天、谈心，大到资金支持。车刚十几年如一日帮助西藏盲童学校，并把他所认识的到过西藏的朋友介绍到西藏盲童学校；王石不仅自己关爱西藏盲童，还号召自己公司的员工献爱心；将军李素芝亲自带领医疗队到盲校为盲童看病；还有周建松、旺青格烈、车仁·晋美旺秋、裘山山、薛宝中、文莉、闫凤清、林丽珊、王进红、安利西藏分公司……他们都在用自己的方式关爱着西藏盲童。

爱　心

————为盲童撑起一片充满光明的天空

一摸肚子就知道是叔叔车刚

12月15日是盲童们给车刚叔叔选定的生日

车刚，西藏摄影家协会副主席，在藏近30年，10多年来一直默默地关注和支持西藏盲童学校的发展。

一大早，车刚就起床到菜市场购买新鲜的五花肉，他要做自己拿手的红烧肉。由于是一个人在西藏，家人都在北京生活，加上工作很忙，所以车刚很少自己做饭，但红烧肉他却是时不时地要做的，那是做给西藏盲童学校全体孩子们吃的。

车刚不仅摄影很棒，做红烧肉也是他拿手的绝活。上世纪80年代，西藏的

专注

生活条件还不太好，街上的饭馆很少，所以车刚会展示他的拿手绝活，做红烧肉。那时候他的红烧肉虽然有名气，但也仅限于好朋友才能享用。后来，享用红烧肉的群体扩大了，那就是西藏盲童学校的孩子们。车刚说："除了我的朋友们和这些盲童孩子，在西藏，我还真没有给别人做过红烧肉。"

车刚很细心，每次带一大锅红烧肉到学校，他还会带上其他菜，比如蔬菜沙拉、素菜丸子，那是为学校里吃素的老师们准备的。

所以，不管过不过节，只要车刚带着红烧肉到学校，孩子们都觉得那是在过节，车刚说："平时我很忙，做红烧肉很费时间，我只能抽空做。有时候知道孩子们在盼着了，就尽量抽时间去做，我知道孩子们很喜欢我做的红烧肉。"

车刚经常到盲校去，很多时候都会带一些富有爱心的朋友去，比如王石，比如周建松，比如裘山山，比如王宏伟，还有那些来自全国各地的摄影界的朋友们……

10多年来，车刚几乎把他认识的到过西藏的所有朋友都介绍给了西藏盲童学校，"我不是当官的，也没有自己的企业，所以在资金上我自己对盲童学校的帮助有限。但我的朋友很多，他们又有爱心，让那些有爱心的朋友资助学校，我能做

快乐的一家人

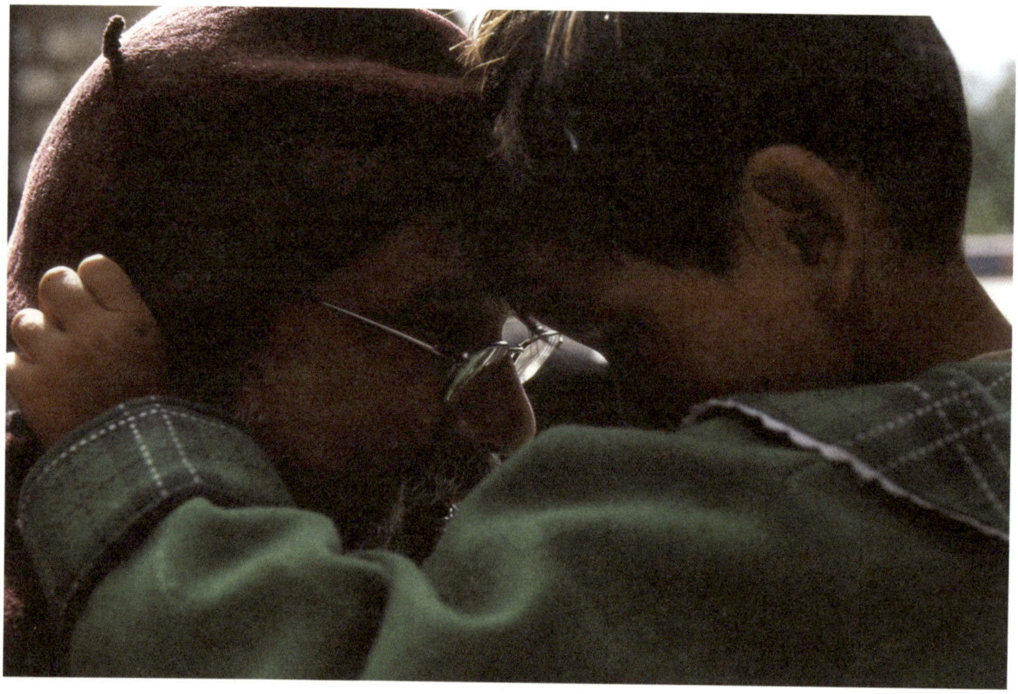
亲密

到。因为我知道，有爱心的人才能把企业做好，能做好企业的人都有爱心。”

10多年来，车刚没有统计过他为学校带来多少资助，知情人士估算应该有几百万了。

车刚接触西藏盲童学校很偶然，那时盲校刚成立不久，而且刚刚搬到现在的校址，朗顿巷10号。当时，车刚曾在西藏日报社共过事的同事达尔基的孩子病了，在拉萨市妇幼保健医院住院，达尔基和车刚在病房阳台上聊天。偶然间，他们看到了窗对面的院子里有几个盲童孩子，还时不时地有外国人出入，很好奇，车刚和达尔基出了医院就去了盲校。了解到学校的情况和背景后，车刚很感动，从此和西藏盲童学校结下了不解之缘。

学校对盲童包吃包住，但又没有经济收入，几乎都是靠社会捐赠。车刚记得很清楚，他介绍给盲校的第一笔捐赠是企业家樊嘉明给的，“当时樊嘉明在拉萨有一个汽修厂，春节的时候，他们单位想买一些鞭炮和烟花庆贺新年，

做游戏

我和达尔基知道了，就建议他们把这笔钱省下来，做一些善事。樊嘉明采纳了我们的建议，好像是6000元吧，那时候已经不少了。”车刚说，“我介绍的最大的捐赠者应该是王石和他的万科集团公司，从2003年认识这个学校，到2006年开始资助这个学校，王石前后共给了近百万元。王石说得好，他们公司出钱很容易，但他是要员工自己主动捐款组成了这笔善款，他说做善事应该人人有份，让大家都拥有爱心，这比他们公司出钱更有意义。”

车刚多年来不仅为学校跑前跑后，更重要的是他10多年来一直在用镜头记录着孩子们的成长。10年前的孩子长大成人了，工作了，但车刚还是在一如既往地关注他们。

旦增和扎西筹建了自己的按摩中心，车刚只要路过他们那里，就会提一些水果去看看，车刚说：“看着他们从小长大，但还是感觉他们是孩子，一段时间不见，或者没有他们的消息，还是挺想念的。”

从事摄影工作的车刚为人正直，从不愿意为自己的事去求人或者开后门，但他却愿意为盲校的孩子去动用他能够

萨布利亚和盲童们在宣传盲童教育

动用的一切社会关系。

车刚是学校的编外人员，但学校有什么事，大家都习惯找他。学校的采光不好，冬天很冷，需要安装空调，电力公司勘查后说线路老化，重新排线安装需要大笔资金，但学校又无力承担。于是学校的负责人吉啦找到车刚，车刚亲自去找西藏电力公司的领导协商，结果，电力公司免费为学校做好了一切。

学校待遇不太好，不少在学校工作的老师流失了，为了挽留老师，车刚找到保险公司，请保险公司以最优惠的价格为他们办理了养老保险。

盲校的孩子生病了，就医成了个大问题，车刚就联系西藏军区总医院院长李素芝，李素芝亲自带领医疗队到学校为孩子们看病，还为每个孩子办了一张免费医疗卡。

……

其实10多年来，类似的事情车刚还做了很多，他就是这样默默地支持着学校的工作，默默地关注着盲童们，所以盲校的老师和孩子们都说："这么多年了，资助、关爱学校和盲童的人换了很多，但车刚是一直在延续着自己的关爱，没有间断，很多时候学校有什么决定，总习惯性地找他商量。"

车刚说："其实我只是给他们提建议，当好参谋，最终如何决定，那还是学校自己的事，我不会给他们最终做决定拿主意的。"

10多年来，车刚默默地为盲校奉献着，从没有想到什么回报，因为他一直把帮助盲童当作一件快乐的事。

盲校孩子们常以简单而纯真的方式向车刚表达感恩之情，这让车刚这位刚强的汉子时常泪流满面。

2010年12月15日，车刚应邀到盲童学校参加学生们的聚会，第二天他要去

内地出差，然后回北京休假。

孩子们的聚会是专门为车刚准备的，是一个生日聚会。学校的负责人之一吉啦说：“这么多年，叔叔车刚为我们做了很多事，他不求回报。我们从不知道他的生日是什么时候，明天他就要离开拉萨回内地了，我们就选定今天作为他的生日，以后每年我们盲校的全体师生就在这一天为叔叔车刚过生日，这是我们专门为车叔叔选定的生日。”

生日聚会上，孩子们买来了水果，自己动手制作了“叔叔车刚谢谢您”的条幅，还订制了蛋糕。

让车刚泪流满面的是志愿者丁宇老师亲手写的那封情真意切的信和孩子们充满激情的节目表演。车刚一直在笑着流泪，任眼泪在脸上流淌，他时而抱着孩子一起唱，时而给大家分发水果，连那个蛋糕他都亲自切好，一块一块地送到孩子们的手中。车刚说：“这不仅是孩子们为我选定的生日，也是全体师生共同的生日，大家开心就好。”

现在，车刚又开始忙碌了，为这本专门为西藏盲童学校出的书，车刚说：“这本书不仅记录了学校的发展过程，也记录了盲校孩子们的成长历程，

更重要的是这本书也是对多年来关心和支持西藏盲童学校的爱心人士的一个回报。这本书，由江苏法尔胜泓昇集团董事局主席周建松出资出版，所有收益都将捐给西藏盲童学校用于公益事业，我10多年来跟踪拍摄的照片也将会与大家见面，我相信我们的这本书一定会很精彩。”

（附孩子们致叔叔车刚的信）

致叔叔车刚

还记得您第一次进学校的时候吗？那时的我们还是不懂事的孩子，我们不知道您是怎么找到学校的，但我们知道，从那一天开始，您就将无私的爱给了我们，十几年如一日，从未间断过。

叔叔，虽然我们看不到您的样子，但是您的每一个声音都烙在了我们的心里。您沉稳的脚步声，您爽朗的笑声，您慈爱的关切声，无时无刻不在温暖着我们的心，您为我们所做的一切，照亮了我们黑暗的人生。

您亲手为我们烧制的红烧肉，您精心为我们准备的土豆沙拉，那是我们今生尝到的最好的美味，因为那美味里有您对我们的浓浓爱意。

我们曾天真地想，做您的孩子真幸福，其实，我们就是您的孩子，您也确实把我们当成了您的孩子。

叔叔，10多年来您一直在为我们拍照片，您每一次按动快门的声音，记录下了我们成长的每一个瞬间，我们的每一个表情，定格在了您的每一张照片中，也印在了我们的心里，您是我们成长的见证人。

叔叔，10多年的风风雨雨，您与我们一同走过，任何言语都无法表达您对我们的深深爱意，任何言语也无法表达我们对您真诚的爱。

叔叔，我们看不见您，但您在我们每个人心里都有一个不同的形象，叔叔、爸爸、兄长，甚至是爷爷，但我们却都统一地喊您叔叔车刚，包括那些和您年龄相仿的老师们也是这样称呼您，您是我们大家的叔叔，您是我们学校的叔叔。

我们心中最甜的青稞酒为您而酿，我们心里珍藏的最圣洁的哈达是献给您的。

叔叔车刚，扎西德勒！

西藏盲童学校全体师生

2010年12月15日

王石、张朝阳等到盲校看望孩子们

旺青格烈 萨布利亚改变的是盲童们的一生

旺青格烈，西藏自治区残联党组书记、理事长，一直热心关注西藏盲童学校的成长和发展。

第一次见到萨布利亚时，让旺青格烈很惊奇，特别是听说她是一个人来西藏时，“天哪！你是怎么来的？”这是旺青格烈发出的惊叹。因为在他的眼里，正常人出国都很不容易，何况是一个盲人？

现在旺青格烈不会再为盲人一个人出国的行为惊叹了，因为他已经不止一次地看到，通过萨布利亚创办的西藏盲童学校的培训，西藏的盲童也可以自己出国学习交流了，比如吉啦、比如坚赞、比如玉珍、比如多吉旺堆等等等等。

“1998年底，萨布利亚开办了她心目中的西藏盲人培训中心（现在的西藏盲童学校），万事开头难，别说开办盲人培训课程，当时连学生都招收不到，萨布利亚还得自己去找学生。”旺青格烈感叹地说，“最终萨布利亚取得了成功，她很了不起，这就是她的伟大之处。”

2000年11月，西藏自治区残联与“盲人无国界组织”合作开展的助盲项目正式实施，这是通过援藏基金会牵线，由自治区外事办申报、经政府批准的一个正式合作项目，这为西藏盲童学校的健康发展奠定了坚实的基础。

“说实话，西藏盲人事业的发展是改革开放的结果，是我们国家关心和西藏自治区各级人民政府重视的结果，不然，没有政府的关心和支持，西藏盲童

学校没有这么好的发展。所以萨布利亚一直坚持说，‘西藏盲童学校的成不是我一个人的功劳，是西藏自治区各级人民政府、自治区残联和全社会爱心人士关心和支持的结果，是一大批人在做这同一件事，才有了现在的成绩。’”旺青格烈说，“但我知道，萨布利亚所说的爱心人士，都是在她的行为感召下行动起来的，这之中也包括我自己。”

“其实西藏自治区党委一班人也都很关心和支持西藏盲人事业的发展。每年的国际盲人节，我们在街头搞宣传和庆祝活动，很多领导都会莅临参加，他们为西藏盲人事业的发展出谋划策，并对具体的工作进行现场指导，这让我们对西藏盲人事业的发展和前景充满了信心。”旺青格烈兴奋地说。

“西藏盲童学校开展了基础教育课，职业技能培训和藏语盲文开发项目，后来还在日喀则边雄乡建了一个培训基地，结合当地的实际情况，在那里设置了奶酪制作、卡垫编织、温室种植花草和扎年琴弹奏等实用技术，这让盲童们开阔了眼界，增长了技能，学到了自食其力的本领。”旺青格烈说，“萨布利亚和她创办的学校，改变的不仅仅是每个盲童的一生，而是西藏所有盲童的命运。”

旺青格烈说：“盲校改变孩子们的一生我是深

有体会的，那些从农牧区来的孩子，刚来时畏缩、害怕、不讲卫生、还没有礼貌，经过学校的教育，他们变得开朗活泼了，自信了，也善于与人交流了，最大的变化是能自食其力了。这种变化是有强烈对比的，我曾经了解一个村有两个盲童，家庭条件差的孩子来盲校学习了，而家境好的那个孩子，家里人怕他吃苦，说愿意自己养着。几年后，在盲校学习的孩子学会了很多东西，但那个在家人照顾下的孩子什么都不会，依然需要家人照顾。”

旺青格烈是西藏自治区残联党组书记，负责西藏残疾人的所有事物，但他对西藏盲童学校倾注了更多的心血，很多时候，西藏盲童学校的活动他都要参与，有爱心人士到盲校捐款，他都要亲自出面答谢，他还把自己认识的朋友介绍给学校，为学校募集了不少善款，他是学校的家长之一。

“我知道西藏的残疾人事业与内地有着十几年的差距，但盲人项目却是最先进的，我的同行们曾说：‘真羡慕你们，你们那里的孩子能说几种语言，职业技能培训方面也走在了前面。’但我知道这和西藏盲童学校有着不可分割的关系。”旺青格烈感慨地说，“我很佩服萨布利亚，她是‘盲人无国界组织’的创始人，她开发了‘藏盲文’体系，她为西藏的盲人事业做出了很大的贡献。她做事很执着，遇到再大的困难也不会退缩，是她的执着才有了今天的盲童学校。”

萨布利亚的事迹感动了很多人，也得到了官方的承认，她曾经获得过“珠峰友谊奖”，2006年度中国政府颁发的“国际友谊奖”和

2009年度“感动中国十大人物”奖，“萨布利亚获得这些奖项是当之无愧的。”旺青格烈说。

车仁·晋美旺秋　只要盲校需要，我们的地可以永远无偿使用

车仁·晋美旺秋，援助西藏发展基金会副秘书长，见证了西藏盲童学校的发展过程。

说起西藏盲童学校，说起萨布利亚，说起保罗，车仁·晋美旺秋似乎很兴奋，“他们确实为西藏盲人做了一件好事，当初的那些盲童现在都很能干，他们懂英语、会操作电脑，利用按摩技术还可以挣钱自食其力，我真的很为他们高兴，当然这都是西藏盲童学校的功劳。我之所以对他们如此了解，是因为这么多年我一直在关注着他们，关注着西藏盲童学校的发展。”

车仁·晋美旺秋在西藏盲童学校成立初期就在关注着盲童学校，“由于我们都是在搞慈善公益事业，相互接触多一些，萨布利亚和保罗那时候有事总会来找我们商量。”车仁·晋美旺秋说，“1998年，学校成立不久，当时他们和位于曲米路的彩泉福利学校合作，不知什么原因，年底时他们终止了合作，而萨布利亚和保罗的签证又到期了，按规定必须立即离境，于是他们找到我们，让我们出面协调。当时我们西藏的盲人事业刚刚起步，还没有人具体在做这方面的事情，我们看到他们是真正地在为盲人做实事，而且不带有任何附加条件。他们发明了藏文盲文，教孩子们各种技能，我们都是看在眼里的，所以我们出面向有关部门反映，协调好一切，直到他们把新校址落实了才离境。不然，要完全按章程办事，当时西藏盲童学校的处境确实不好预测。后来，在我们的建议协调下，2000年，西藏盲童学校开始和西藏自治区残联合作，成为西藏残疾人事业的一部分，并开始了健康良性的发展。”

“萨布利亚很神奇，我曾看到她数钱。那时候她和保罗是租房子住，她付房租时，一手把钱拿出来，而且数额不会错，因为她把不同面值的纸币叠成不同的形状。我曾问她纸币上不是有盲文吗？她说新币很容易判断，但旧币就不好判断了。我知道她的好多技能会教给我们的盲童，所以我特别支持她的工作。”车仁·晋美旺秋说。

“2001年，萨布利亚想在日喀则建立一所盲校分校，在这里培养对农牧业有一技之长的学生，比如开办编织工艺、种植、养殖和奶制品制作等农牧区的实用技术陪训，而我们在日喀则边雄乡有一块300亩的土地，这块土地是援藏基金会创始

美丽的日喀则边雄乡盲校

日喀则边雄乡盲校一角

人之一十世班禅大师保留的，目的是为西藏的慈善事业做些事。我们援藏基金会曾利用这块土地进行了两期为期10年的藏医药技术人才的培训，为广大农牧区培养了大量的医学人才。当萨布利亚开办分校的想法告知我们后，我们就决定把这块土地无偿地提供给他们使用，这和大师当年的初衷是一致的。”车仁·晋美旺秋说，“我现在还是这个观点，只要西藏盲童学校需要，我们可以一直无偿提供这块场地。”

有人问车仁·晋美旺秋，300亩土地如果用于商业开发或者租作他用，一年的收益会是多少，车仁·晋美旺秋说：“账不能这样算，其实在日喀则，不少单位和个人都看上了我们的这块地，但我们都没有同意，因为为西藏盲童造福那是不能用金钱来衡量的，作为一个慈善机构，我们愿意为西藏的盲人事业出一份力。”

王石和久美

王石　在盲童面前，我感觉自己是被给予者

在接受中央电视台《百万公益大行动》节目采访时，王石说："我是2003年通过在西藏的朋友车刚接触到西藏盲童学校的。那时候我去攀登珠峰，西藏摄影家协会副主席车刚建议我到两个地方去看看，一个是西藏的SOS儿童村，一个是西藏盲童学校。当时我的想法是觉得无非就是给点钱，去的时候也是带着一种给予者的优越感去的，但没想到的是这种"优越感"随后就被那些盲童们的歌声彻底瓦解了，我被孩子们面对苦难时所表现出来的乐观、积极、自信打动了。我不禁问自己，面对相同的境遇，我是否也能像他们那样笑对人生。所以说西藏盲童学校给我留下了深刻的印象。"

"我觉得，探险或者登上珠穆朗玛峰，仅仅是让自己自豪一下。我去探险了，我登上珠峰了，仅此而已，但做公益事业却给了我崇高的感觉，觉得自己很崇高，这种感觉在以前并不常有。其实做公益是在显示个人的一种新的能力，体现一个人的社会责任感。"王石说，"我觉得做公益花钱比挣钱还难，

万科集团捐赠仪式现场

万科集团员工和盲童们的合影

因为挣钱可以参考外国的先进经验，制订相应的策略就行了，而做公益事业需要形成一种社会风气，特别是年轻人的参与最为重要，这是我的体会。就像我对西藏盲童学校，最初是因为私人关系接触的，后来我发动万科集团的所有职工献爱心，然后影响到深圳的企业家，以至于影响到全国的企业家来做公益事业。”

王石所说的号召万科集团的员工献爱心，指的是2006年4月30日，当时他率公司的慰问团一行，与西藏盲童学校全体师生举行联欢活动，并对盲校进行了慈善捐款，万科集团党委书记丁福源代表万科全体员工捐赠首批慈善款15万元人民币，以资助盲童学校教学及日常生活。王石说：“本次捐款活动由万科工会组织，共有数千名员工参与爱心捐献，万科一直倡导企业公民的社会责任，对盲童学校的资助，将作为万科员工的一个公益活动项目长期进行，并希望通过此项活动，有更多的企业和个人来关心和参与社会公益事业。”

在捐赠仪式上，王石被很多孩子簇拥着，他的眼睛湿润了，旁边的人问他：“王总，你怎么流泪了？”这个曾征服过七大洲最高峰、叱咤商海数十年的北方汉子显然想掩饰一下自己，只说了句意味深长的话：“沙子进了眼睛，也会流泪的。”

王石还出资3万元为西藏盲童学校制作了一张《天籁童心》的专辑，这张由青年作曲家文莉担任音乐总监的专辑，全部歌曲都是西藏盲童学校的孩子唱的，专辑发行的全部收益都捐给了西藏盲童学校，用于公益事业。

王石关于为西藏盲童学校录制《天籁童心》的创作随笔

三年前的春天，经朋友指引，我来到拉萨的盲童学校。

温暖阳光，洒满小院。盲童们用清纯歌声表达对美好生活的憧憬，深深打动了我，并使我为之改变了来此前的行程。天

使般的歌声，让我感到了心灵的美，感到了失明儿童对未来生活的信心。残障儿童尚且如此，身体健全的人又该如何呢？在盲童面前，我感觉自己成了被给予者。

更使我感动的是一个叫萨布利亚的德国盲女。1997年，萨布利亚到西藏旅游，了解到西藏的许多盲童因贫困和世俗偏见而不能得到最基础的教育时，随即产生了在西藏创建盲校的念头。

萨布利亚回国说服家人，辞去工作，和荷兰籍的男友保罗一起来到西藏，建立了这所挺立于高原之巅的盲童学校。萨布利亚教育盲童首先是树立生活的

自信。因为眼睛失明，盲童的其他器官就特别敏感，像听觉、嗓音，一定比五官正常的人的感知力强。盲童的歌声中，不仅表现出这种天赋，还表现出被激发的自信心。这次经历，使我对盲童学校的感情难以割舍，每次去拉萨都会去看看。

盲童中有位叫久美的少年，激情而富表现力，纯真嗓音好似来自天堂。久美的歌声，使我想到世界著名歌唱家、意大利盲人歌手安德烈·波切利，于是产生了给久美提供声乐培训机会的想法。

得知青年作曲家文莉要去拉萨，便委托她去盲童学校鉴定一下久美的歌唱潜力。很快接到文莉的电话，她对每个盲童都做了鉴定，还发现了一位名叫格桑扎西的男孩，唱得棒极了。对久美，作曲家的判断是声带正处在变声期，稳定之后才能做出相对准确的定位，但乐感很好；西藏大学音乐系教授的意见是目前适合弹钢琴。

一个意外的惊喜，就是从拉萨回来的作曲家文莉给了我一盒CD小样，并告诉我，她准备给孩子们出一张唱片。哦，确实是一个惊喜。

从拉萨的朋友那里得知，文莉在盲童学校泡了7天，给他们排练，指导盲童们独唱、合唱、对唱……为防止噪音干扰，现场录音时躲到了小小地下室。本来文莉就有很强的高山反应，头疼欲裂，在更加缺氧的地下室里工作，其难度可想而知。

临离开时，盲童们抱着我们的作曲家，依依不舍。同时，这些失明孩子们的童真与生活状况，也时时刻刻牵动着作曲家的心，所以才有了这张专辑的成型和出版。这本身又何尝不是一个感人的故事呢？期待这个故事所演绎出的希望与爱的心声，能传播四方！

西藏盲校学生代表应邀参加万科集团22周年庆典活动

周建松 把爱心撒满西藏高原大地

2010年8月9日下午，西藏拉萨市朗顿巷10号阳光小院中传来阵阵欢快的音乐和笑声，由江苏法尔胜泓昇集团有限公司董事局主席周建松先生率领的法尔胜泓昇摄影协会及星源爱心慰问团不远千里来到了这个小院里，与这里的孩子们进行联欢。孩子们为大家表演了计算机、手工技能、歌舞、民乐独奏等，令在场的所有人感动不已。

这个阳光小院是西藏盲童学校。

2010年6月，江苏法尔胜泓昇集团有限公司董事局周建松主席到西藏进行

江苏法尔胜泓昇集团有限公司董事局周建松主席在听取保罗介绍盲校的情况

江苏法尔胜泓昇集团有限公司董事局周建松主席及员工与盲童们合影

摄影采风，西藏摄影家协会副主席车刚给周建松主席讲起了西藏盲校的故事，周主席一听非常感动，就要求去学校看看，看能为学校做点什么事。

在江苏路朗顿巷10号的院子里，周建松主席一行了解了学生们的生活和学习情况，大家非常感动，当场捐了些现金，周建松让我出主意为学校做几件实事。

车刚向周建松主席建议："这个学校在国外影响非常大，在国内却很少有人知道，原因是宣传的太少。萨布利亚、保罗的盲校故事是可以感动世界的。我从1998年就开始拍他们，有大量的图片资料，再把盲校的故事写出来，出一本图文并茂的书，捐赠给盲校，一是可以让更多的人了解盲校，二是卖书

江苏法尔胜泓昇集团有限公司董事局周建松主席与吉啦合影

摄影家杨耀明与保罗合影

江苏法尔胜泓昇集团有限公司董事局周建松主席与久美在一起

的钱可以用于学校的建设，改善生活条件。”车刚说。

周建松主席立即表态同意，所有费用由法尔胜资助。

周建松说：“我曾经也是高度近视，接近于‘盲人’，对盲人失去光明的痛苦，有着深切的感触，我一直想为盲人做点事，此次终于实现了自己的心愿。”

原来，当年周建松走上工作岗位时有800度近视，随着事业的成功，他的近视度也在逐年增加，当他看到自己公司生产的光纤预制棒时，已经戴上了2300度的近视眼镜，这个近视度几乎接近于盲人。

江苏法尔胜泓昇集团有限公司员工与盲童们亲切交流

在45年的企业管理生涯中，为了拉起中国民族工业的风帆，为了能让中国人用上自己生产的产品，而不用依靠进口，为了法尔胜的发展，周建松的一双眼睛几近失明。然而有付出就有回报，法尔胜已经成功地从一个手摇麻绳的小厂发展成为一个百亿企业集团。从麻绳到钢绳再到光绳，周建松主席带领着法尔胜人创造了一个又一个奇迹。

如今，退居二线的周建松主席在经过几次手术后，带了47年的高度近视眼镜终于摘下了。虽然已经退到了二线，但他依然心系法尔胜未来的发展。他深深地知道，一个企业到了一定的高度必须追求不同的境界，钱财已经不是最重要的了，而是一个企业必须要有属于自己的文化。于是，他成立了法尔胜泓昇企业文化研究会和星源爱心基金，通过摄影、书法、慈善等各种方式，带动了整个企业的文化发展，形成了法尔胜独特的企业文化。

“人，要有善心。德才貌，品德是排在最前面的。”这是周建松主席经常教导大家的，而他本人也在身体力行地做着。此次，他将会把自己拍摄的一些照片和车刚这12年对阳光小院拍摄整理的图文资料，还有一些国内外爱心人士的留言，编辑成一本图文并茂的书，由他全资出版。出版后，书籍义卖所得全部捐献给阳光小院，为西藏盲童教育事业做出贡献。

然而，周建松主席对西藏朴实善良的藏族人也非常关爱，2010年，65岁的他已经六次进藏，翻山越岭，克服睡不好、吃不好、路途险恶、高原反应等重重困难，穿越无数险峻，沿途塌方、滑坡、飞石、泥石流频频出现，然而还是没有阻止他前行的脚步。一路走来，把星源文化爱心撒在了西藏高原充满艰辛的路上；把法尔胜的企业文化沿路传播和弘扬。他挑战极限，攀登世界屋脊之巅阿里高原，援助阿里贫困地区，将阿里的自然风光拍摄下来，传播到海内外，为阿里的旅游发展做出了贡献。阿里地委宣传部及阿里地区摄影协会特别发来感谢信和锦旗，感谢周建松主席“援助边陲阿里，传承象雄文明”。

周建松主席的爱心举动，受到了西藏自治区有关部门的褒奖，在2010中国西藏珠穆朗玛摄影大展颁奖会上，为表彰他“大力支持西藏摄影事业的发展进步，真情关爱西藏残障儿童健康成长”，西藏自治区党委常委、宣传部长崔玉英亲自将突出贡献奖及特别荣誉奖牌授予了他。

让法尔胜企业文化的精神融入于企业的创新发展，让法尔胜人的爱心、善行温暖更多的人，并把星源文化爱心撒满西藏高原大地。

周建松，男，1946年12月27日生，江苏江阴人，汉族，教授级高工。全国冶金系统优秀企业家，全国优秀经营管理者、国家级有突出贡献的中青年专家、国家“五一”劳动奖章获得者、全国劳动模范，比利时皇家勋章获得者。江苏省中华文化促进会副主席，江苏省工商业联合会执委，无锡市工商联合会副主席，无锡市冶金工业协会副会长，江阴市企业家协会会长，中国摄影家协会会员，2010年被西藏自治区文联聘为西藏摄影家协会荣誉主席。现任法尔胜泓昇集团公司董事局主席、法尔胜泓昇企业文化交流研究会会长。

李素芝与旺青格烈参观盲校

李素芝 第一位走进盲校走近盲童的将军院长

李素芝，西藏军区副司令员、西藏军区总医院院长，少将军衔。

“门巴”是藏语“医生”的意思，李素芝将军因高超的医疗技术和周到热情的服务，被藏族人民亲切地称为“门巴将军”。

身为院长的李素芝可以说日理万机，坐诊看病、为病人手术、到偏远农牧区巡诊、为基层官兵看病、管理医院日常事务……这就是一个将军的日常工作，但就是这样忙的一位将军，竟然亲自带队到西藏盲童学校为孩子们看病。

李素芝认识西藏盲童学校的孩子很偶然，当时

盲校的10个孩子出水痘，因为出水痘在孩子之间会传染，但因经费问题，有的医院不愿意收治，一时让学校的老师们束手无策。没办法，学校又找到了车刚，车刚就给西藏军区总医院院长李素芝打电话求援。

“我马上派救护车来接，我们医院会全力救治的。”听完情况后的李素芝干脆地说。

经过西藏军区总医院医护人员的精心治疗和护理，10个孩子康复出院了，而且费用是全免的。但李素芝很想知道学校里其他孩子的健康状况，于是他组织了一个由医院各科室骨干力量组成的医疗小组，到盲校为孩子们看病。李素芝的想法很简单，有病看病，没病就当健康体检了。

2010年8月17日，李素芝亲自带队来到西藏盲童学校为孩子们看病。听说解放军叔叔来学校为他们看病，孩子们

盲校师生向李素芝表达谢意

李素芝与盲童们在一起

李素芝、旺青格烈与盲校师生合影

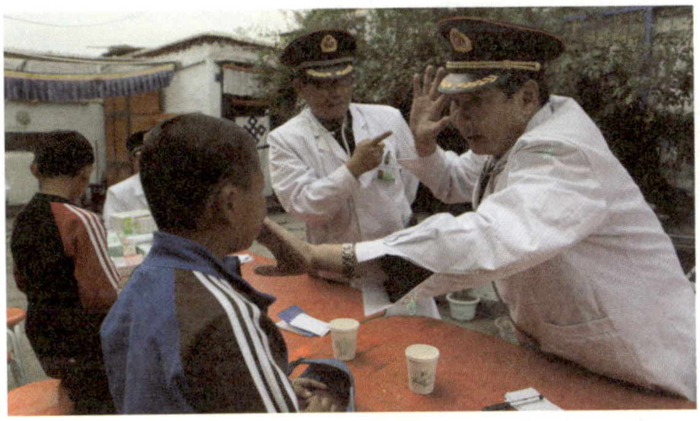

早早地抬桌子搬板凳布置好场地，自觉地排好队等着看病。

孩子们接受诊疗前要先照相并登记造册，李素芝说："我院为每位盲童赠送一张免费医疗卡，如果孩子们生病了，拿着医疗卡到我院可以享受免费看病、免费抓药、免费手术、免费住院等服务，连住院期间吃饭的费用也全免。作为一名医务工作者，我们有责任也有义务呵护这些孩子，关注盲校孩子们的健康，我们会一直坚持下去。"

旺青格烈向清华大学国学同学会成员、内蒙古自治区人民政府副主席连辑表示感谢

清华大学国学同学会向西藏盲童学校捐款20万元

2010年8月26日，清华大学EMBA国学同学会一行来到西藏盲童学校，看望失明儿童，并为盲校送去了20万元的爱心公益金。

清华大学国学同学会成员与盲童们合影

清华大学EMBA国学同学会成员曹放说："清华大学国学班的同学共同集资成立了'清华国学基金会'，主要是利用基金会的资金进行稳健投资，利用同学会成员各自的专长筹集更多的善款，用以支持我国的教育事业。我们主要面向教育行业捐款，每年进行两次。此次向西藏盲童学校捐的20万元，具体用途由该校自主决定。西藏盲童学校是我们支持西藏教育的第一站，如果有合适的项目，我们今后还会再来西藏。"

捐赠仪式搞的既简朴又热烈。

清华大学国学同学会成员、内蒙古自治区人民政府副主席连辑发表了热情洋溢的讲话，高度赞扬了西藏盲校所取得的办学成果。盲童们即兴表演了节目，以感谢清华大学国学同学会的无私捐助。

清华大学国学会成员与盲童们交流

盲童们为清华大学国学会成员表演节目

文莉在听德庆玉珍唱歌

文莉：《天籁童心》是我听到的最纯的声音

青年作曲家文莉在为西藏盲童学校的孩子录制《天籁童心》之前，多年来一直在四川、青海、西藏等藏族居住区做慈善。2004年7月，文莉和一帮朋友前往四川的阿坝藏族羌族自治州外出采风，当他们途径著名的红原大草原时，一个小小的身影闯进了文莉的视线，然后她把那个身影定格在了自己的镜头中。就这样，这位作曲家无意中拍摄的一张藏族女孩的照片，竟获得了全国摄影大赛特等奖，为了感谢这位给她带来荣誉的女孩，文莉踏上了漫漫的寻访之路，最终将5万元特等奖奖金捐给了她镜头中的那位女孩……

虽说到过西藏几次，但文莉并不知道西藏盲童学校，和西藏盲童学校结缘很偶然。

"那是2007年，当时在一个摄影展上遇到了我的朋友王石，闲聊时，我说近期要去西藏，他很动情地给我讲了一个关于西藏盲童学校的故事，并嘱咐我到西藏时务必要去看看。"文莉说，"我到盲校，本来是受王石委托，鉴定一下一位叫久美的盲童的音乐潜质，当在学校看到那些盲童后，我突然很想为他们做些什么，于是决定发挥我的专长为他们录制一张专辑。他们的眼睛看不见，给他们录制一张专辑，让他们能听到自己美妙的声音，为他们在成长的道路上留下美好的回忆。"

"录专辑说起来容易，做起来非常

文莉在为盲童们录音

难。我的录音设备很简单，只有一个MD，没有专门的录音室，我们就在学校的一个地下室里进行。我本来每次进藏就缺氧反应强烈，加上地下室封闭而且空间狭小，那种感觉可想而知了，我头痛欲裂，而且随时都想呕吐，但这还不是最大的困难。”文莉说，“最大的困难是这些孩子没有受过专业训练，他们没有节奏、没有音准，语言也不通，眼睛也看不见，我要面临很多困难。毕竟这不像他们平时唱着玩，或者给客人表演，唱得好不好都无所谓，这是近乎专业的录音。孩子们跟着我的节拍就唱得很准，但没有节拍他们就容易唱乱，而录音时我又不能打节拍，为了解决这个问题，我发现轻拍他们的肩膀既没有声音，孩子们又能找到节拍，后来我就是用这个方法录完音的。我觉得在这么艰苦的条件下为一群盲童录音并制作专辑，在音乐界我大概是第一个吧。”

“在录音过程中，孩子们都很高兴，一首首山歌和牧歌从他们的心里飞出来，悠扬、空灵、一尘不染，此刻，我觉得录音时任何外在条件都不重要了，因为这些孩子身上散发着一股不可抗拒的魅力和力量。”文莉说，“有一次，孩子们唱着唱着竟很自然地围成了一个圆圈，还跳起了锅庄。因为眼睛看不见，他们常常会碰到一起，但他们依然跳得很开心，一边唱一边跳，还一边笑，我在一旁静静地看着，慢慢地，我的眼睛湿润了，我敢说，那是我今生听

文莉在欣赏索朗旺堆的音乐

文莉和欧珠一起表演节目

到过的最纯最美的声音，是我见过的最美的身影……”

“孩子们会唱的歌很多，我录制的这张专辑，就是从他们能演唱的众多歌曲中筛选出来的。录完孩子们的‘干声’，我回去后开始剪辑、配乐，然后合成，这是一项大工程，因为在一个简陋的环境里录制的歌声，要把它制作成一张精美的专辑，需要花费很大的工夫。”文莉说，“制作这张专辑可以说是一个爱心接力，我的朋友张若雪不顾高原反应，为我拍了不少工作状态的画面；作曲家巫定定亲自剪辑录音素材，这在平时一般是小助手就能做的事；混音是作曲家王志杰老师做的，在圈内他可是让大家竖大拇指的录音师；还有我的同事吴斌、古晓春、吴兆仁，每次不管多晚我到盲校录音，都有他们陪伴；西藏摄影家协会副主席车刚把我的录音带给西藏的专家，边听边翻译，把歌词整理出来；还有王石，他听说了我录制专辑的打算，提出所需资金他来承担；还有中唱公司，他们免费为这张专辑进行发行。”文莉说，“从王石最初讲的一个故事，和他的一个小小的委托，到慢慢地汇聚了这么多好心人参与这张专辑的制作发行，这个过程确实很快乐，而这个快乐

的源头要追溯到王石，在专辑的制作过程中，王石的支持、鼓励和肯定对我很重要，他自己也一直在亲力亲为地帮助和支持盲校，令我钦佩和尊敬。”

“我最应该感谢的是盲校的那些孩子，尽管他们看不见，可他们却在阳光明媚的时候接纳了我，让我走近他们，和他们一起唱，一起跳，给了我人生中最美好的一段回忆，是他们让我变得更勇敢，更珍爱生命，对生活更淡定。我一直相信爱的能量，也相信爱能创造奇迹。”文莉感慨地说，“当我录制这张专辑时，并没有告诉孩子们我要给他们制作专辑，后来，我听说孩子们听到这张专辑都很兴奋，他们能立即判断出是谁唱的，他们还跟着唱。最让我感动的是日喀则边雄乡盲校孩子听到专辑时的反应。车刚说当时学校停电了，他就在自己的车里放给孩子们听，当时孩子们静静地听着，没有一丝声音，他们或站或坐，相互依靠着，各具情态，但每个人都面带笑容，在静静地聆听。我想这是孩子们对我的最大的肯定，这比任何专家或者给了我大奖的肯定更令我感动。”

文莉为盲童们出的专辑——天籁童心

“后来听说，这张专辑销量很好，约20多万的收入都给了西藏盲童学校用于公益事业，忽然觉得我确实为孩子们做了一件好事。”文莉欣喜地说，“现在，让我轻轻地按下播放键，听这‘天籁童心’，曾经静静地破碎，却灿烂地重生……”

2011年3月，文莉又来到西藏，来看她的那些盲人孩子。当她听说在拉萨市第三高级中学读高一的巴旦、索朗彭措和卡加先没有盲文教材时，她立即花两万多元从内地为孩子们买来了高一下学期到高三的全部教材。当她了解到坚赞梦想办一个盲文图书馆时，她立即承诺图书馆所有的书柜由她来负责，还包

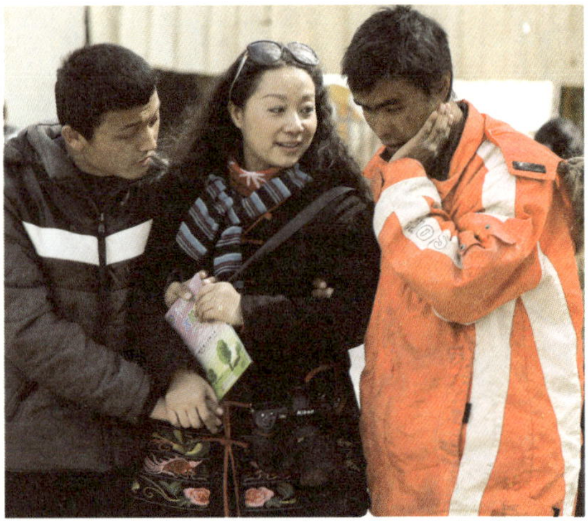

括图书馆里所需的电视机。

文莉说："只要是孩子们需要的，我能办到的，我会尽一切力量来帮助他们，以此来回报他们给我的精神鼓励可能帮助他们。"

薛宝中与萨布利亚一起交流

上海玉佛禅寺觉群慈爱功德会情系西藏盲童

2011年4月23日下午6时许，拉萨街头的江苏路上，走着一群特殊的人，上海玉佛禅寺的法师和居士一行11人，带着西藏盲童学校几十名盲童前去位于北京中路的吉曲饭店就餐。这样一个阵容庞大的群体走在街头，令行人驻足侧目，连路上的车辆在孩子们过马路时都耐心地停车等候，但开心的孩子们看不见这些，他们和从上海远道而来的爱心人士边聊边走，开心地走着。

在此之前的捐赠仪式上，上海玉佛寺的法师和居士们向西藏盲童学校捐赠了价值25万元的盲文打字机，他们还为孩子们从上海带来了很多食品和糖果。

黄悦是盲童们亲密的大哥哥

西藏盲童学校的负责人之一保罗在接受捐赠时满怀感激地说："我们的

这些孩子虽然看不到，但他们乐观、积极、向上，我们的目标是让他们和正常孩子一起学习，这些盲文打字机为我们盲童的学习提供了方便，谢谢所有关心和支持我们学校的人。”

到了吉曲饭店，热情的服务人员站在门口迎接孩子们的到来，把孩子们带到餐厅，盲校低视力的孩子配合老师和上海的爱心人士们一起为看不到的孩子夹好菜，送到每位孩子的面前。孩子们说笑着，开心地吃着。他们已经熟悉了这里的饭菜，因为很适合他们的口味，而且薛阿姨和黄悦在此之前已经带他们在这里吃过饭。

对西藏盲童学校的孩子们来说，除了叔叔车刚，上海的薛宝中、黄悦母子就是他们最为盼望的人之一了，因为薛阿姨不仅给他们带来了盲杖和盲文打字机，更带来了很多好吃的，那是上海玉佛禅寺自产的点心，孩子们都很喜欢。

"我以前总是到拉萨的德吉孤儿院做善事，给孩子们送衣服、送水果、送糖果点心。后来知道了西藏盲童学校，我便购买了几十把盲杖来送到学校，还有一些食品。"上海玉佛禅寺觉群慈爱功德会副理事长薛宝中说，"那些小食品都是我们上海玉佛禅寺素食馆自己做的，孩子们很喜欢。"

2010年第一次到西藏盲童学校时，薛宝中就请全体师生一起到校外的吉曲饭店就餐，孩子们非常

保罗接受上海玉佛禅寺觉群慈爱功德会捐赠的盲文打字机

开心，因为外出就餐对他们来说并不是常有的事。

薛宝中总是在关心着西藏盲童学校的孩子们需要什么，当她听说孩子们缺少盲文打字机时，她就四处打听，因为国内的生产商已经停产，最后她花了近25万元从印度购买了50台盲文打字机寄送给学校。薛宝中说："比较起来，从国外购买还便宜一些，为能做更多的善事，我们的经费都是在计划着花，所以能节省一点是一点。"

上海世博会期间，薛宝中把拉萨德吉孤儿院的28位师生接到上海看世博。看到孩子们瞪大好奇的双眼和欢喜的表情，加上孩子们告诉她回去后好好学习，争取考上上海的大学，这让薛宝中很触动，于是她又想到让西藏盲童学校的孩子也来感受一下上海世博会，就这样，西藏盲童学校的师生一行20多人也踏上了上海世博会的路程。

自己还是孩子的黄悦一直陪着妈妈薛宝中做慈善，当西藏盲童学校的那些孩子在参观世博会走累了时，黄悦会主动背着他们走，他对孩子们细致入微的照顾，赢得了盲校师生们的赞许。

此行再次来到西藏盲童学校，黄悦成了孩子们最喜欢的人，他们围着黄悦不放，问这问那，黄悦成了孩子们共同的大哥哥。

玉珍是西藏盲童学校较早的学员之一，毕业后在盲校任教，但玉珍并不满足，她为了更好地教孩子们学习，一直想进修英语，在薛宝中的帮助下，玉珍成功地进入北京外国语学院学习。玉珍说：“薛阿姨算帮了我的大忙了，圆了我的学习梦，我一定会好好学习，学到本领后，我就能教盲校的孩子更多的知识了。”

薛宝中说：“只要西藏的这些孩子需要，不管是德吉孤儿院的，还是西藏盲童学校的，我们都会一如既往地帮下去。”

西藏盲童学校给上海玉佛禅寺觉群慈爱功德会的感谢信

各位远道而来的叔叔、阿姨、自治区残联的领导、还有在场的各位嘉宾，大家下午好。

在这个春暖花开的季节，我们收到了来自上海玉佛禅寺觉群慈爱功德会为我们买的盲文打字机，谢谢你们的爱心。

我们不会忘记去年的上海世博会之行，因为你们的邀请，我们盲童才有机会感受到一个从来没有想过的新世界。你们的爱是无私的，也是无限的。现在，我们又收到了你们专门为我们购买的50台盲文打字机，我们每个人都会好好使用并爱护它，不只是因为它来之不易，更因为每台打

黄悦代表上海玉佛禅寺觉群慈爱功德会接受西藏自治区残联颁发的捐赠证书

字机都包含了叔叔阿姨对我们的关爱。

再次感谢上海玉佛禅寺觉群慈爱功德会的叔叔阿姨们，还有远在上海的玉佛禅寺的觉醒大和尚。有你们这些好心人一直在鼓励爱护我们，我们更有动力好好生活、好好学习，自强不息，将来也以自己的力量去帮助更多的人，将这份爱心永远的传递下去。

西藏盲童学校全体学生

2011年4月22日

上海玉佛禅寺觉群慈爱功德会成员与盲童们合影

李慧忠　漂到拉萨的爱心使者

李慧忠是广东梅州人，2010年来拉萨旅游，因为喜欢这个地方，就留下来和朋友一起开了家庭旅馆。

关于西藏盲童学校的信息，是她一次在饭馆吃饭听说的，当时她听到邻桌有游客在说要到盲童学校去，素有爱心的她一下就感兴趣了，并请那位素不相识的游客带她一起到学校去看孩子们。后来知道了校址的她，只要有空，几乎每周都要到学校和孩子们相聚。和孩子们熟了，很多孩子对她很依恋，所以经常会出现几个孩子围着她争宠的情况。

李慧中每次到学校来，都会给孩子们带一些零食，她说："和孩子们相处，不是你有没有钱的事，重要的是你那份爱心，眼睛看不见的孩子都很敏感，他们能感知到你对他们的真诚和发自内心的爱。"

李慧忠的住处在拉萨河心的仙足岛，离盲校有几站路，她每次到学校都是步行，"其实我们来学校可以坐公交车或者人力三轮车，也可以打的，但我们步行可以节省一部分钱，虽说每次节省不了多少钱，但是长时间下来也不少，这样我们可以多为孩子们做些事。"李慧忠说，"我和我的朋友们商议好了，只要我们在西藏就会关爱这些孩子，我们也会一直坚持下去。"

米玛次仁的朋友们在为盲童发放冬装

米玛次仁　传播爱心的使者

2010年的国际盲人节，米玛次仁为西藏盲童学校的孩子和老师们送来了价值5000多元的保暖内衣和外套，衣物的数量是米玛次仁预先到学校统计过的，这样做是米玛次仁近几年来养成的习惯了。

米玛次仁是西藏自治区林业局的一名职工，2004年，经朋友介绍，他知道了西藏盲童学校，之后每年的国际盲人节这天，他都会为孩子们送来礼物。开始是他自己做，后来，家人、亲戚和朋友也在他的影响下加入到献爱心的行列。

米玛次仁说："其实我一个人的力量毕竟有限，所以我尽量向身边的人宣传西藏盲童学校。2010年国际盲人节，我向我的领导介绍了这个学校，说那里的孩子需要帮助，领导没有时间去，但他是掏了300元钱给我，让我帮他买些东西给孩子们。以后有机会，我会带我们单位的领导和更多的人到盲校去参观，把这份爱心蔓延开来，让这些需要帮助的孩子得到更多的关爱。"

格桑多吉（左）带领自己单位的员工到盲校献爱心

格桑多吉　盲童是我生活中的一面镜子

格桑多吉，中国银行西藏自治区分行职工，单位团支部委员。

格桑多吉上大学的时候就知道了西藏盲童学校，2003年，还在上海外国语大学上大三的格桑多吉回到拉萨实习，他没有选择对口的就业单位，而是到了西藏盲童学校当了一名志愿者。

“我在盲校教孩子们英语，还负责当萨布利亚和保罗的翻译，因为他们只会说英语，用汉语和藏语他们无法表达和交流，特别是学校外联方面的事务，因为语言优势，我都帮学校去办。”格桑多吉说。

“盲校的孩子是一群纯真快乐的孩子，在学校的教育下，他们有着优秀的品质和惊人的想象力，对生活都充满了信心，这些让我很受鼓舞。我曾经设身处地地想过，如果我处于他们的境地，我会如何面对？”格桑多吉说，“那年3个月的志愿者经历，让我学到了很多，并让我在以后的工作中受益匪浅。工作中，难免会遇到一些不如意的事，我都能坦然面对，因为我一遇到困难或者让我困惑的事，我都回想到那些盲童孩子，和他们相比，生活和工作中的失落和不如意，根本算不了什么。孩子们成了我生活中的一面镜子，只要对照一下，我都会觉得很惭愧，然后去从容地面对所有的一切。”

现在，格桑多吉因工作关系去学校的时候少了，但作为单位团委委员的他，只要单位要求去做公益，他首先想到的就是西藏盲童学校，“现在我们单位有不少职工在自发地关心和支持盲校，这让我很开心。”格桑多吉说，“盲校关于转账的事我还是义务在做，因为这是我的老本行，做起来方便，我愿意为盲校做我能做的一切。”

爱心阿佳　十几年的相处，孩子们给予我的更多

她是一位“团结族”，爸爸是汉族，妈妈是藏族；她是最早关注并关爱盲校孩子的社会人士之一，而且10多年里一直坚持了下来；她不愿透露她的姓名，她说自己做的这点事要是被宣传出去了，她的良心会不安，而且也会觉得自己曾经真诚对待的这件事变味了。

10多年里，孩子们都叫她阿佳（姐姐），在这里我们也叫她爱心阿佳吧。

阿佳是中国银行西藏自治区分行的职工，西藏盲童学校成立不久，出于业务需要，阿佳认识了盲校的房东次仁卓玛，当时学校已经搬到了次仁卓玛的家里。阿佳讲述着和盲校孩子的故事：

“有一天，次仁卓玛阿妈啦对我说，我家里有许多盲童孩子，他们很可爱的，问我愿不愿意去看看，我就答应了。第一次相见，我很震惊，因为这些因各种情况致盲的孩子看上去很可怜，我只是和他们进行了简单的交流，互相介绍了自己的姓名等基本情况，并没有相处太久。”

“后来，因工作原因，我很久没能去学校，我几乎把那些孩子的姓名和面孔都忘记了，但让我惭愧的是，当我再次去学校时，那些孩子都记得我，知道我的名字、年龄和职业，包括单位，这是他们听到我的声音就判断出来了的。这种反差让我觉得这些孩子很需要别人的关注，并渴望和别人交流，于是我就把自己的业余时间几乎都交给了他们。”

“有时候因为工作忙，没能及时

去，再去时，孩子们会责怪我：阿佳，你把我们忘了吗？阿佳，你不理我们了吗？……我觉得这种责怪很亲切，那是他们在内心把我当成了亲人。”

“其实对孩子们我也并不是一味地溺爱，在他们不对的时候，我也会责怪，那是因为我也把他们当成了亲人，这种坦荡的真情碰撞，让我们的感情很真诚，经得起考验。”

“最初的相处是我在教他们，包括如何学习、如何待人、如何讲卫生等等，后来我发现，反倒是他们的言行和心境给了我更多的启示，他们也在无声地教导着我，这是我后来感悟到的。”

“在和孩子们交往期间，我遭遇了感情危机。我这个人是一根筋的那种，对感情很执着，很投入，所以遭遇感情变故时对我的打击很大，有一段时间我几乎都要崩溃了。为了排遣自己，我把自己除上班以外的所有时间都花在了孩子们的身上，从早到晚我都在学校，照顾他们吃饭、穿衣，帮着打理卫生，晚上看到孩子们全部睡下了才离开。”

“当我从感情的阴影中走出来时，我才恍然发现，那是孩子们的乐观、积极向上的心态鼓励了我，比起他们，我好多了，他们都能乐观地直面生活，我有什么资格消极？回头想想那段将要崩溃的日子，自己竟还有点惭愧。我觉得是孩子们无意识地抚平了我的伤口，是他们让我拾起了生活的希望，所以我一直坚信，这么多年里，是孩子们给予我的更多。平时我把孩子们介绍给我的朋友，接触后，他们也都有同感。”

“让我最开心的是，我当年认识的第一批盲童孩子现在都长大成人，成熟了，也成才了，他们都能和我平等地交流了，很多时候我们会互相提建议，大家相处得都很开心。我们成了知心朋友，成了没有血缘关系的亲人，我很高兴我有这么一批好朋友。”

安利西藏分公司 过林卡、包饺子，都是为了让盲童们开心

2010年12月25日圣诞节，位于江苏路小巷内的西藏盲童学校院内异常热闹，身着红色绒衣的安利志愿者服务队队员早早来到学校，将一整车价值4万余元的慰问品搬进院内，慰问品包括孩子们需要的日常生活用品，有空调机、浴霸、床上用品、防寒服、帽子、围巾、手套、袜子、学习用的DVD机、音箱、VCD碟片、椅子、洗发水、沐浴露、润肤露、消毒液、酥油、牛腿肉等等，摆起来像个小商店。

在有序的分配好各自的任务后，志愿者们开始动起手来，有的为孩子们试穿新衣，有的将新课桌整齐摆在教室里，有的为孩子们更换新的床上用品，还有的热心队员给生活老师主动讲解起产品的使用方法……大家齐心协力地忙了两个小时，让学校的宿舍、教室、院子焕然一新。

盲童学校的孩子们因失明，很少有机会走出校门，但孩子们热爱大自然的天性，使他们非常渴能到外面走走。安利公司叔叔阿姨们为了实现他们的愿望，早已准备一辆宽敞的大巴车，要带着他们去逛罗布林卡公园、做游戏，中午还要为他们包饺子吃时，孩子们早上6点就起床了，兴奋地等待着这快乐一天的降临。

孩子们尽情地在罗布林卡公园里品尝甜茶、酥油茶，快乐地游戏时，安利的志愿者们又开始忙碌起来了。给45个孩子包饺子还真是一件不容易的事情，

为了让孩子准时吃上热气腾腾的饺子，于是大家又说又笑来个“技能比拼”，然后还一口一口喂孩子吃……

“相信2010年圣诞节会为可爱的盲童们留下一个美好的童年回忆，也为我们留下了幸福感。”安利志愿者们幸福地说。

其实这并不是安利西藏分公司的志愿者们第一次到西藏盲童学校，他们分别于2005年、2006年组织公司的员工携带慰问品，到盲童学校献爱心，赢得了学校师生们的赞誉。

多年来，安利公司非常热心于各项公益事业，他们除了认真做好经营，也在积极承担企业的社会责任，努力用自己创造的财富造福社会，以自己的爱心回报社会。盲童是安利西藏分公司志愿者们一直关注的特殊群体，他们坚信，让孩子们健康、快乐，是给孩子们最好的礼物。安利西藏分公司自2004年成立至今，已向西藏的各类公益活动累计捐助资金达300余万元。

电梯间的偶遇　让日喀则边雄乡盲童学校获得大笔资助

2010年12月1日，“2010年度时尚先生颁奖盛典”在北京举行。作为年度慈善家获得者、盲人音乐人周云蓬老师“红色推土机”计划的受助者，西藏盲童学校的盲生德庆玉珍应邀参加庆典活动，并现场演绎了原生态藏歌《金色的太阳》，其高亢、悠远、荡气回肠的歌声震撼全场。活动结束后，德庆玉珍与同在现场的香港希伯莱皮具实业有限公司董事林丽珊小姐在电梯间相遇了。正是这次电梯间的美丽邂逅，将林丽珊小姐及希伯莱公司与西藏盲童学校紧密联系在了一起。

林丽珊是香港希伯莱皮具实业有限公司董事，广州市诚逸贸易有限公司市场总监。希伯莱品牌的设计团队是一群热爱生活，热爱工作，乐于创意和分享的时尚人。

“做有责任的企业，为中国青少年的教育贡献力量”是希伯莱公司的社会使命。2011年1月初，希伯莱公司决定给予西藏盲童学校20万人民币的现金捐助，旨在提升学校教师资源的稳固性与专业性，以及学生的综合素质。与此同时，希伯莱公司将与日喀则边雄乡盲童学校展开合作，并订购农场相关产品作为公司宣传活动用品，以期多渠道多方面帮扶学校。希伯莱公司希望通过长期的、稳定的、有效的援助方式，促进盲童的教育成长。

作为国内知名企业，香港希伯莱皮具实业有限公司拥有包括台湾在内的大中华地区销售渠道，也拥有一批有爱心有责任感的合作伙伴，公司致力于成为这些合作伙伴在慈善事业方面的标榜和带头人，并将西藏盲童学校的信息传递给各合作伙伴，以集合每一份小的力量，一起为中国的慈善事业、为西藏的残疾人事业以及西藏盲童的教育培训发展事业尽一份绵薄之力。

满馨蔚、巴次，一对想帮盲童实现音乐梦想的夫妇

满馨蔚，著名音乐人，曾两次参加西藏电视台藏历新年晚会的表演；巴次，舞蹈编导，曾连续7年担任西藏电视台藏历新年晚会的编导。

2011年4月17日，是巴次和满馨蔚“阿可丁藏式面包坊”开业一周年的日子，这一天，他们给员工放假，但所有员工都没有回家休息，而是随老板和老板娘一起来到西藏盲童学校，和孩子们一起庆祝。

知道孩子们喜欢吃红烧肉，满馨蔚夫妇特意让自己店上的厨师做了红烧肉，还带来了他们店上的招牌产品巴氏酸奶蛋糕，同时还为孩子们带来了FM3音乐盒，这个音乐盒据说在欧洲卖25欧元一个。

孩子们吃完饭，满馨蔚拿上自己的乐器和大家一起做音乐游戏。“我曾经和这里的索朗旺堆和欧珠合奏过，他们都做得很好，这里的孩子们很有音乐天赋，只是缺少专业训练而已。”满馨蔚说。

“我是通过车刚老师知道西藏盲童学校的，来这里以后，我很喜欢这里的孩子，虽说我不是经常来看他们，但只要有时间，我还是尽量来学校和孩子们聚一下。”满馨蔚说，“现在学校腾出地方，为的是让孩子们学习音乐，我想帮他们建立一支乐队，只是目前学校的乐器还不是很齐全，这要慢慢来。我曾经和车刚老师沟通过，想为学校成立一个艺术团，但这也需要时间。”

“现在先培养孩子们的音乐兴趣，至于以后的打算，我想看以什么方式做更适合他们，即使以后成立艺术团，又该以什么模式来运作，这都是要考虑的实际问题。我知道孩子们很期盼盲校艺术团的成立，我也很希望能凭我们的力量帮孩子们圆梦，但这需要时间，我和孩子们一样期盼着艺术团的成立，希望他们在音乐方面有所发展，并以此来自食其力。”满馨蔚满怀期望地说。

闫凤清　她让吉啦的梦想成为现实

闫凤清，来自山西的爱心人士，出资20万，实现了吉啦创办盲童幼儿园的梦想。

闫凤清也是一位摄影爱好者，2010年，她跟随由山西省摄影家协会组织的摄影团来西藏采风，通过车刚知道了盲童学校，由于没有时间准备，也不知道该为盲童们做些什么，只好临时取出一万元现金送给了学校。

后来，她听说学业有成的盲人吉啦梦想办一所盲童幼儿园，但苦于没有资金无法实现时，她就决定资助吉啦20万元，用于盲童幼儿园前期的启动资金，出于感激和信任，吉啦决定聘请闫凤清担任盲童幼儿园的名誉院长。

“我对盲童学校的资助将是终身的。”闫凤清说，“首先我想到盲校当半年的志愿者，像丁宇老师那样。而且我还有很多想法，打算和车刚老师沟通后再实施，因为我没有这方面的经验，而车刚老师对这些又驾轻就熟，我相信他会给我好的、对盲校有实际意义的建议。我希望我能为盲校做得更多。”

王进红　带着爱心为盲校打杂

王进红，四川甘孜州人，从2006年到西藏开始，就一直在为学校做义工。

2010年冬天，西藏盲童学校改造线路并安装了空调，这是让全校师生高兴的一件大事。在施工现场，一位梳着长发、留着大胡子颇有艺术气息的年轻人在不停地协助工人施工，他就是王进红，一家广告公司的老板。

2006年，王进红到拉萨旅游，竟一待几个月，后来因为喜欢西藏，干脆留了下来。因机缘巧合，他认识了车刚，于是也就认识了西藏盲童学校。

“车刚老师为西藏盲童学校做了很多事，很多时候他忙不过来，于是我就成了他的助手，关于西藏盲童学校日常事务的助手，说白了，就是为西藏盲童学校打杂。打杂不要报酬，很多时候我还要免费为学校做一些急需的东西。”王进红说。

留在西藏后，王进红又干起了以前的老本行广告，“我开广告公司，对别人分毫必争，但为盲校做事我却全部免费，做得最多的是条幅，因为很多时候有爱心人士到学校捐款，举行仪式时需要那些条幅，于是盲校所需条幅全部由我做，当然也全部免费，包括为学校做的CD光盘。”说起这些，王进红似乎很开心。

至于学校改造线路、安装空调，他为什么还要亲自监工，毕竟那些工人是专业的。“学校里除了盲童就是老师，而老师们不懂那些，专业技术工人又不太熟悉学校的环境和具体情况，我不放心，只能亲力亲为了。”王进红很随意地说。其实他早已把学校的事当成了自己的事。

旦增和扎西的按摩中心开业了，没有招牌，王进红给他们做了招牌，为了抢眼，他还专门做了一个灯箱广告牌放在路边，当然这些也是免费的。

打杂的工作中，王进红还有一个经常做的事，那就是孩子们到内地演出或者有其他的事，都是他联系朋友到机场接送，“每次孩子们走时是和我最后一个告别，然后回西藏时又是最先见到我，他们开心，我也很开心。孩子们都喊我王叔叔，就冲这一声声叔叔，我也该尽到一个叔叔的责任呀！而且今后只要我在西藏，我就会一直为孩子们把这个‘杂’打下去。”王进红干脆地说。

裘山山和盲童情同母子

作家裘山山 让孩子向盲童学习

裘山山，中国作家协会全委委员，四川省作家协会副主席，成都军区一级创作员，作品曾获中国人民解放军文艺奖、全国优秀散文杂文奖等。

裘山山也是通过车刚认识西藏盲童学校的，因为是作家，她有不少到西藏采访的机会。每次到西藏，她要到盲校看望盲童，并捐些善款。她还专门安排儿子假期到拉萨去盲校体验生活，让孩子学习盲童们乐观、开朗、勇敢面对生活的信心和决心。

裘山山很注重孩子的教育，从孩子开始懂事起，裘山山就十分注意培养孩子诚实善良的品德。特别是孩子的诚实，一直是裘山山严格要求的，她十分注重孩子的言行是否一致。

裘山山讲了这样一个故事：儿子7岁时，有一天放学一直没有回家，她去找，看见儿子在一个沙坑里玩儿，浑身脏兮兮的。她没有上前呵斥孩子，而是回到家里等。儿子回来后她问，今天为什么那么晚才回来？儿子笑嘻嘻地回答说，在沙坑里玩儿了一会儿。裘山山心里涌起一丝欣慰，儿子没有说谎。至于弄脏了衣服，这在裘山山看来都不是什么缺点。

献爱心也是一种采访

“我看重的是品质。”裘山山说，“让生活条件优越的孩子学会如何面对生活中的挫折，这是我让孩子到盲校体验生活的原因和目的。”

裘山山在看玉珍如何操作电脑

（附裘山山2005年6月1日发表于《文汇报》的关于西藏盲童学校的作品）

拉萨童话

一年后，萨布利亚的申请得到了德国政府和“盲文无国界组织”的支持，有了第一笔资金，保罗真的立即辞掉工作来到了西藏，和萨布利亚一起，创建了西藏第一所盲童学校。2005年5月7日，是我在拉萨的最后一日。这最后一日，我与感动不期而遇。

我是4月25日进藏的，此次进藏是我第十次进藏了，仍是为了工作，所以在我来讲很平常。从进藏的第二天起，我就一直在边防上跑，十天中行程近三千公里。5月6日晚上我们回到拉萨，打算休整一下，8日出藏。7日中午，我和同去的女友岩，还有在西藏认识的几个朋友一起吃饭。席间，西藏著名摄影家车刚，忽然滔滔不绝地和我们说起了他一直关注的“西藏盲童学校”，立即引起了我和岩的极大兴趣。虽然我已去过西藏那么多次了，还是第一次听说这所学校。我们当即表示下午不逛八廓街了，跟车刚去学校看看孩子们。

德国姑娘来到拉萨

路上，车刚给我们简约地讲了讲这个盲童学校的故事。

1997年（一说98年），27岁的德国姑娘萨布利亚拄着盲杖来到拉萨。萨布利亚从小向往西藏，可在她十二岁时，由于色素性视网膜病变导致了失明，从此生活在了黑色的世界里。但失明后的萨布利亚对西藏向往依旧，在德国举办的西藏博览会上，她曾用一双小手一一触摸过藏民族的服装，藏民族的首饰和用品，她向往着西藏的蓝天，雪山，经幡，更渴望见到那个生活在高原上的神奇民族。后来，萨布利亚依靠布莱叶盲文，学习了英语、计算机、历史和文学等课程，又在波恩大学学习了藏语。1997年5月，萨布利亚终于来到她向往已久的西藏。怀着梦想，拄着盲杖。

萨布利亚到西藏，不仅仅是为了旅游，更是怀着一个心愿：她得知在西藏，由于阳光强烈等种种原因，像她一样失明的孩子特别多，有的是雪盲，有的是强烈紫外线造成的白内障，还有的是家族遗传，等等。她想申请经费资助，在拉萨办一个盲童学校，帮助那些和她一样在黑暗中摸索的孩子。为了方便调查，萨布利亚没有坐车，而是租了一匹马骑行，不断地与当地藏民交谈。在调查旅途中，她认识了来自荷兰的保罗（Paul），保罗被她的行动深深感动了，当即表示说，如果你申报的项目能得到批准，我就来做你的助手。一年后，萨布利亚的申请得到了德国政府和“盲文无国界组织”的支持，有了第一笔资金，保罗真的立即辞掉工作来到了西藏，和萨布利亚一起，创建了西藏第一所盲童学校。

保罗是个拥有机械工程、计算机技术和商业技术等四个学位的明眼人，曾在荷兰参特帕克公司从事计算机软件开发和数据库维护等服务项目，一直有着良好的生活环境。保罗放弃了这一切，坚定地来到西藏，和萨布利亚一起开创向往光明的事业。他们从招收六名学生开始，到今天，已经培养了近五十名盲童。这些盲童第一次开始认识自身，第一次开始拥有梦想，第一次能摸到一种有“色彩”的生活。他们大都可以读、写、使用盲文打字机和盲人电脑。他们甚至尝试推着车子快跑、踢毽子、爬树和踢足球。他们是西藏历史上第一批能够阅读的盲人。而为他们引路的，竟是位同样失明的女子。

2002年，萨布利亚和保罗结婚了。如今，他们仍继续在西藏全心全意地为西藏盲童们服务着。

在午后的拉萨，听到这样一个故事，就像听到一个童话。

在午后的拉萨，去这样一所学校看孩

子，就像去天堂。

明朗的丁香

我们的汽车开进拉萨市江苏路和平饭店旁边的一条小巷内，向左拐弯后，就见到了一扇红色的藏式木门。车刚向我们介绍了木门上刻着的凹凸符号，那就是萨布利亚沿用布莱叶盲文方式创造的藏盲文：西藏盲人培训中心。我们摇响门铃，一个盲童为我们打开了大门。

刚进院子，孩子们就听出了车刚的声音，哗啦一下围上来，大声喊着："叔叔车刚！叔叔车刚！"车刚快乐地伸开臂膀，一下搂住四五个孩子。胖胖的脸庞在阳光下舒展着快乐的笑容。

我简单说说车刚吧。

车刚22年前从东北到拉萨援藏工作，一下爱上了西藏，援藏两年后自己申请调进西藏。二十年后，他年逾不惑，结婚成家有了儿子调回了北京。但一年后他又重回西藏。"没办法，我离不开西藏了。"

现在，拉萨的大饭店大酒店里，几乎都挂着他的摄影作品。我是四五年前认识他，一天前在日喀则与他邂逅的。当我们一起坐下来吃饭时，他的第一个动作就是掏出钱包来给我看他儿子的照片，大约有四五张，儿子虎头虎脑憨态可掬，表情不一，很可爱。而他爹的脸上只有一种表情幸福的傻笑。

在盲童学校，我又看见了车刚幸福的傻笑。

车刚从几年前知道了盲童学校后，差不多就成了这所学校的专业摄影师，学校一有活动，他就会赶来，拍照片，也拍录像。除此外，他每年拿出自己的稿费，为每个孩子做一套衣服。妻子从北京来看他时，他也带着妻子

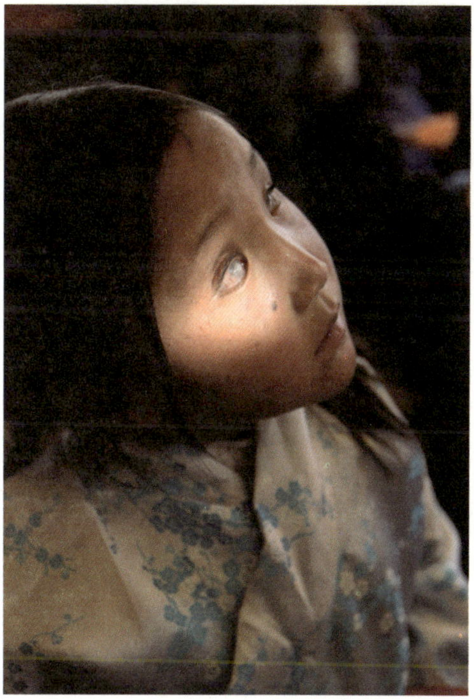

去学校看孩子们。

我拿起数码相机对着院子和孩子刚拍了两张照片，几个稍有些视力的孩子就立即围上来争着要看。他们把眼睛紧紧贴在我的相机上，以致小鼻尖都压扁了。当他们认出照片上的自己时，兴奋得用藏语大喊：我！我！然后他们争相站到我面前让我拍他们。为了满足他们的好奇，我挨着个拍了他们，然后让他们在相机里找到自己。

那天的阳光特别好。丁香花盛开，是明朗的丁香。

在黑暗中大声歌唱

院落很干净，一座两层高的小楼，有十多间平房，几间下沉的房子。我们一一看了孩子们的宿舍，教室，“听”电视的娱乐室，伙房，等等。目前学校里有37个孩子，最大的十九岁，最小的三岁。有七个老师，五个保育员和工作人员。老师中有一位藏族小伙子，原来是个导游，遭遇翻车事故失明了，便来到这里教英语。车刚说他很快乐，常逗得孩子们开怀。可惜因为“五一”假期，他不在。 这些年，一些外国游客知道了这所学校后，常主动来这里做义工。一位叫莫瑞卡的瑞士老太太，每年夏天都要进藏，来这里义务教孩子们欧式按摩。还有一位越南青年，常来这里教孩子们泰式按摩。保罗的妈妈也专程来过。她带孩子们去过林卡（藏族的一种游乐方式，在公园里野餐唱歌跳舞），发现草地上有游客摔碎的啤酒瓶，生怕伤着那些盲孩了，就趴在地上一点点地抠出来，放在草帽里带走。

这些盲孩子在这里学习藏语、汉语、英语、算术、还有按摩等技能。一共分三个班，分别由三个动物来代表。老鼠是小班，兔子是中班，老虎是大班。三个动物的头像木刻挂在教室门口，孩子们摸到门上的动物，就不会找错自己的班级。

车刚对孩子们说，这两个阿姨来看你们，你们给她们唱个歌好不好？孩子们立即就唱了起来，唱的是眼下拉萨最流行的歌曲《卓玛》。

你有一个花的名字，美丽姑娘卓玛拉
你有一个花的笑容，美丽姑娘卓玛拉
你像一只自由的小鸟，歌唱在那草原上
你像春天飞舞的彩蝶，闪耀在那花丛中
啊，卓玛，草原上的格桑花……

老实说，在此之前，我们也曾在旅途上听过这首歌，没什么特别的感觉。可是当孩子们唱起来时，竟是那么动听。看着孩子们大声歌唱的脸庞，想着他们是在黑暗中大声歌唱，我的眼泪便汹涌而出。据车刚介绍，孩子们曾自己演出过一出藏戏《卓瓦桑姆》。是不是失明的缘故？孩子们的音乐感觉特别好。

我看见有个孩子挥舞着手臂唱得非常投入。我问他叫什么名字，他说达娃，我说，达娃，你是月亮啊？达娃在藏语里即月亮。达娃点点头，’“moon”（月亮）。

我看见车刚一直搂着一个男孩子。问起，原来这个孩子叫班丹久美，完全失明，一点儿视力也没有。但是歌唱得很好。他为我们唱了一首腾格尔的《蒙古人》，嗓子虽有些沙哑，乐感极好。车刚告诉我们，有一次给久美拍了照片，后来车刚把他的照片送来给他，他欢喜地在脸颊上贴了很长时间，然后捧在胸前到处跟人说，看，这是我，这上面是久美。

我给久美剪指甲时，一个叫顿珠的孩子反复拿着我的相机贴着眼睛看，看见了我们，高兴得直笑。我就教他按快门，他按了下去，照片上有大半个我，小半个久美。我没舍得删，还在电脑里存着。

在后院，我看见一个很小的孩子，一直拖着板凳在那儿独自玩耍。原来他就是目前学校里年龄最小的孩子尼玛平错，三岁。刚来不久。显然他还没能融入这个集体里，我走过去想和他说话，更想抱抱他，他一抬手，扬了我一把土。看来对所处的环境还缺乏信任和安全感。我只好远远看着他了。

那些大孩子们已经很熟了，打打闹闹的，但很友好。毕竟看不见，磕磕碰碰的事难免发生。我注意到有两三个男孩子额头上贴着创可贴。女孩子则斯文多了，也不往我们跟前凑。有两个女孩子自己摸索着在洗头。还有几个躲在屋子里说话。

应该感谢的人

遗憾的是我们没能见到学校的创办者，萨布利亚和保罗。据工作人员说，夫妻俩利用五一假期到日喀则去了，那里有他们刚刚创办的农场，也是为这些盲童办的。一是为了有些收入，二是为了这些孩子将来离开学校后，有个落脚的地方，有个适应他们生活的环境。

萨布利亚将自己来西藏的经历写了一本书：《我的道路通往西藏》。在德国很畅销。但至今没有中文版，不知何故。我想要一本拿回内地找出版社联系看看。可工作人员说他们没有多的。

我们在学校呆了两个小时，车刚建议我们去盲人诊所看看。萨布利亚和保罗为

了让孩子们能自食其力，还办了一所盲人按摩院，目前已经有五个学生成为按摩师，在那里工作了。我们来到北京中路四巷的一所藏式楼房里，看到了盲人按摩院。一进门，车刚就把一个女孩子拥进怀里，说，我知道你妈妈去世了，我刚去你家看过爸爸和哥哥。话未说完，车刚和那个女孩子都哭了，背对我们向隅而泣。

后来车刚给我们介绍，女孩子叫吉啦，吉啦十一岁到盲童学校学习，和她的两个哥哥一起，她家很不幸，三个孩子失明。学习五年后，两个哥哥回去了，一个在家种地，一个在当地旅馆当翻译。吉啦留了下来，她聪明努力，身体也好。（去年曾跟随一个盲人登山队登珠峰，爬上了海拔七千米的北坳。）现在她是诊所的骨干。今年秋天萨布利亚要送她去英国学习，学成归来后，将负责诊所项目。吉拉的母亲前不久病故。车刚去她家乡拍照时，专门去看望了吉啦的哥哥和父亲。

说话间，来了两位顾客，是两个白发苍苍的外国妇女，吉啦马上去招呼她们，与她们用英语交谈。我真为吉啦感到高兴。

走出诊所，已经是下午5点了。阳光依然很热烈。那一刻，我的心情如这阳光一样，没有一点阴影。我忽然想起：光顾着给孩子们拍照，忘了与孩子们合影。

不过不要紧，所有的孩子都已留在我心里了，达娃，顿珠，旦增仓决，班丹久美，尼玛平错，还有吉啦。我一定会再去看他们的。作为女性，我不知道该怎样表达我对萨布利亚的敬意和钦佩，我想我是做不到像她那样无私奉献的，也许可以做一些，但让我放弃一切到这里来工作，我承认我做不到。

作为母亲，我也不知道该怎样表达我对这些盲孩子们的爱，我为他们心痛，为他们难过。也为他们感到幸运。可我做不了他们的母亲。

作为一个卑微的普通人，我只有用捐钱的方式安抚自己的良心。

工作人员让我留言，我只写了四个字：祝福你们。

离开拉萨的第二天，我收到车刚的短信，他说萨布利亚和保罗回到学校了，他们让他代向我们致谢。我感到非常不安，因为在我们之间，应该致谢的永远是我。

盲童们在演示如何操作盲杖

这是一个令人惊喜的地方，而你们是一群伟大的人。

你们从事的工作很鼓舞人心。孩子们都很开心，当上帝把光明之门关上的时候，你们却给他们打开了另一扇门。谢谢你们愿意与我分享这一切。

人人渴望光明，心灵的明亮是通过无私奉献的爱而产生，感谢“盲文无国界”组织为西藏儿童创造了心灵的明亮。

希望每一个到西藏旅游的同胞，在欣赏和带走美景的同时，留下我们的爱心，共同来关注西藏包括其他偏远地区的所有需要关爱的儿童。

我深深地被你们感动了，你们的热情、“视力”、还有你们实现梦想的方式。只有在释放出自己巨大潜力的时候，一切才会皆有可能。

以上这些或赞美或鼓励的话语都是来过西藏盲童学校的人留下的只言片语，他们来自美、英、荷兰、巴西、澳大利亚、泰国等国家，他们曾在这里驻足，感动的同时也把自己的爱心留下……

爱心留言

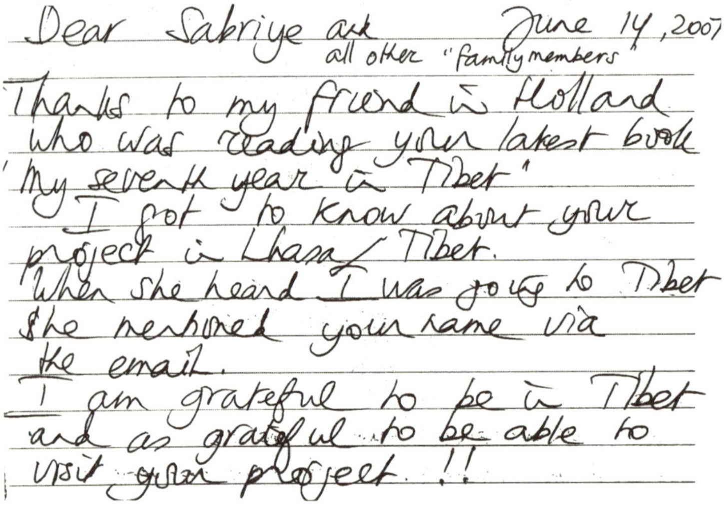
Dear Sabriye and all other "family members" June 14, 2007
Thanks to my friend in Holland who was reading your latest book 'My seventh year in Tibet' I got to know about your project in Lhasa/Tibet.
When she heard I was going to Tibet she mentioned your name via the email.
I am grateful to be in Tibet and as grateful to be able to visit your project!!

亲爱的Sabriye，

多亏了朋友给我读了你的新书《我在西藏的这些年》，我才有机会了解你在西藏拉萨的工作。当她听说我要来西藏，她给了我你的名字。

我很开心能来到西藏，更开心能亲身感受你的工作！

（Monica Zumpolle， 泰国）

What an excellent place. The things you do here are amazing and inspiring. Being an animal Dr I am going to look into Guide Dog introductions for your school I will be in touch.
All the best
Dr Jacqui Mills, Melbourne
AUSTRALIA.

你们的学校是个让人激动的地方，你们的工作影响了我。我是一名动物医生，我准备帮你们学校了解一下有关导盲犬的信息。保持联系！

（Mills 医生， 澳大利亚）

What an amazing place and what great people you all are! It was so lovely to meet you and to see the centre. Good luck with everything in the future and well done on all the work you've done so far!
Jessica Bohm London, England.

这是一个令人惊喜的地方，而你们是一群伟大的人。谢谢你们向我展示了一个如此温馨的培训中心。你们的工作非常好，祝你们的未来事事顺利。

（Jesscia Bohn，英国）

Thank you for the experience. It's nice to see that there is still compassion all over the world. Keep bringing smiles to many faces and good luck for much time to come!
MUCH LOVE,
Brittany Cupp bacupp@fortlewis.edu

谢谢你们给了我这次有意义的经历，让我看到了这世界上还有悲悯之心。请继续让笑容洋溢在这些孩子们的脸上。祝你们一切顺利！大爱无疆！

（Brittany Cupp）

The work being done here is inspirational! The children all seem so happy and are being given fantastic opportunities that would otherwise be closed to them. Thank you for allowing us to share this with you.

Zoe, England, Thea, Denmark.

你们从事的工作很鼓舞人心。孩子们都很开心，当上帝把光明之门关上的时候，你们却给他们打开了另一扇门。谢谢你们愿意与我分享这一切。

（Zoei，英格兰）

This is the best best project I've ever seen. I'm inspired by the initiative, and the ways you made things happen. I will keep myself connected and spread the words to my family and friends.

— HAO PAN.

这是我所见过的最最有意义的事业，你们的创新精神、实现理想的方式深深地影响了我。我会继续关注你们，并与我的亲人、朋友分享你们的感人故事。

（Hao Pan）

May 12th

Thank you for showing me around the school and telling me about your projects. What Braille Without Borders has achieved is truly amazing and the children are an inspiration to all of us. I wish you all the best in expanding this wonderful project.

Marcelo Orberg
Brazil

5月12日

谢谢你带我参观了学校，并且介绍了你们的工作。“盲文无国界”完成了一项很伟大的事业。

所有的孩子们都让我很感动。希望你们的事业蒸蒸日上。

（Marcelo Orberg，巴西）

We're very happy to see that places like this exist in the world. You are really doing a very good job for all this children. We'll hope that you can keep going on and expand this good job.

Thank you so much,
Wilbert & Nymke

我们很高兴看到世界上还有这么个地方，你们真的做了件很好的事情，希望你们继续努力，将你们的事业发扬光大。

（Wilbect 和 Nymlce）

希望更多的人关注"盲文无国界"项目，希望这里的孩子们感受到生命的温暖，健康快乐地成长

来自浙江余姚的朋友 王闻乐

希望更多的人关注"盲文无国界"项目，希望这里的孩子们感受到生命的温暖，健康、快乐地成长。

（来自浙江余姚的朋友 王闻乐）

This project is wonderful, helping students achieve not just ~~here here~~ here but into local schools and helping them find a role as an adult.
Sheila Lum England (sheilalumchina@hotmail.c
(worker for 18 yrs with Blind adults in UK)

你们的工作很有意义。希望这里的孩子们可以很开心地生活，以后能够到普通学校接受更多的教育，长大后可以帮助更多的孩子。

（Sheila Lum，英格兰）

Team
There is NO FINISH LINE!
What a great bunch of happy, lively AND strong people. I feel very privileged to have spent a little time with you
Heel veel succes! Elizabeth Brouwer
(NL - LoenNH)

这是一条没有尽头的路。这是一群勤劳的、快乐的、坚强的、充满活力的人。很高兴能与你们度过短暂的时光。

（Elizabeth Brouwer）

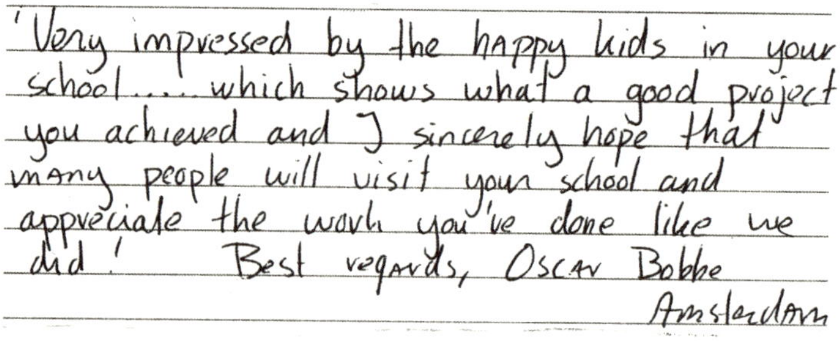

'Very impressed by the happy kids in your school.... which shows what a good project you achieved and I sincerely hope that many people will visit your school and appreciate the work you've done like we did! Best regards, Oscar Bobbe
Amsterdam

学校里这些快乐的孩子们让我们印象深刻，他们真正地体现了你们工作的成功。我希望有更多和我们一样的人来学校参观，向你们表示敬意。

（Oscan Bobbe，荷兰）

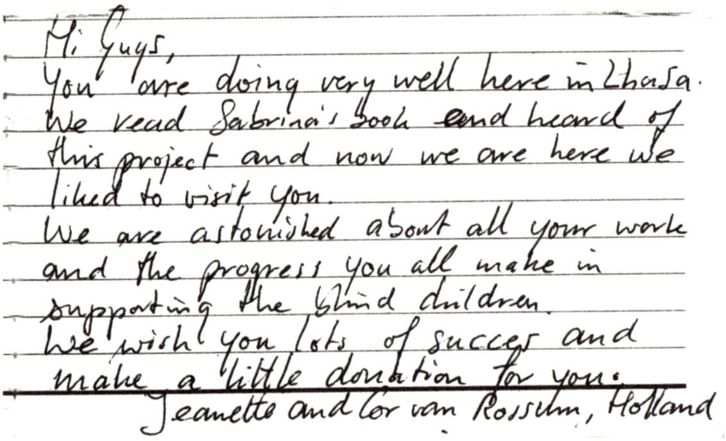

Hi Guys,
You are doing very well here in Lhasa.
We read Sabrina's book and heard of this project and now we are here we liked to visit you.
We are astonished about all your work and the progress you all make in supporting the blind children.
We wish you lots of success and make a little donation for you.
Jeanette and Cor van Rossum, Holland

嗨，朋友们：

很欣赏你们在拉萨的工作。我们从Sabriye的书里了解了“盲文无国界”这个项目，现在，我们来到这里，亲眼目睹你们的成就。

你们帮助了这么多的盲童，我们为之感动。顺便献上我们的一点捐助，希望你们以后取得更大的成功。

（Jeanette 和 Corvan Rossum，荷兰）

Bright blessings and good fortune on your school and all of your projects... The world is better for each child who can lead their own way along the path of life, each teacher who works for an educated community, and each person who visits and is moved to wisdom and compassion through seeing this work in the world. May healing and joy rain down on your school from Tibetan skies.
Thank You, Katie Rose (USA)

愿上帝保佑盲童学校和“盲文无国界”的其他事业前途一片光明。如果每一个孩子在人生的道路上都能得到帮助，每一个老师都能全心全意地为教育事业奉献，每一个参观过学校的人都能为之感动而产生怜悯之心，世界将会更好。希望快乐吉祥雨从学校上空那片蓝天降临。

（Katie Rose，美国）

Dear staff of the braille without borders,
It is a very good initiative to start the school and educate the disablet people. The tour was very interesant, open culture and learning full.
We would like to thank you for touring us around in the whole house and whishes you succes with the new project in India and the new school overhere! Good Luck,
Koning Aap Tourgroup 10 Juni 2007
Nadine, Geert-Jan, Hans, Jan, Mario, Kris
Danielle, Paulus, Thiera, Sibout, Leo

2007年6月10日

亲爱的“盲文无国界”的全体工作人员，创办这样一个学校并且教育这些残疾孩子，这是一个创举。这项计划能给残疾人带来很多利益，可以让他们接触更多不同的文化，学到更多知识。感谢这个大家庭里的每个人，祝愿你们在印度建立新学校的项目顺利进行。

（Koning Aap Tourgroup）

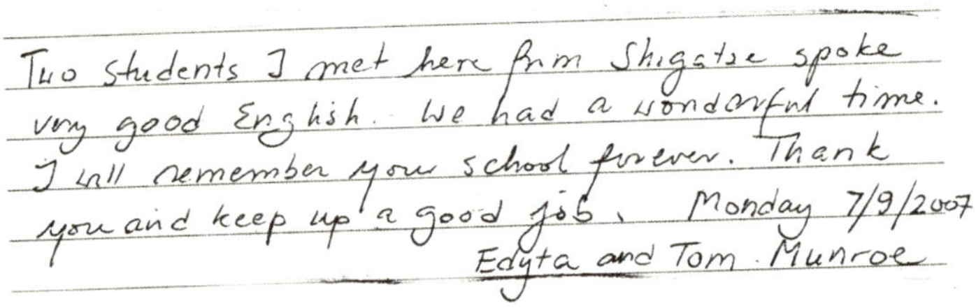
Two students I met here from Shigatse spoke very good English. We had a wonderful time. I will remember you school forever. Thank you and keep up a good job. Monday 7/9/2007
Edyta and Tom Munroe

2007年7月9日 星期一

在这里遇到的日喀则学生能说一口流利的英语，我们度过了美好的时光。我们永远不会忘记你们学校。谢谢你们，请继续坚持你们的事业。

（Edyta 和 Tom Munroe）

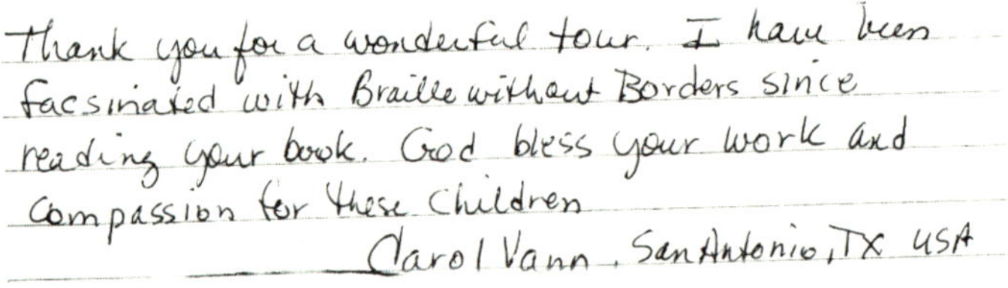
Thank you for a wonderful tour. I have been facsinated with Braille without Borders since reading your book. God bless your work and compassion for these children
Carol Vann, San Antonio, TX USA

感谢你们给我一个如此精彩的参观经历，我对"盲文无国界"的着迷，缘于阅读你的书。

上帝保佑你工作顺利，更多一份仁慈给这些孩子。

（Carol Vann，美国）

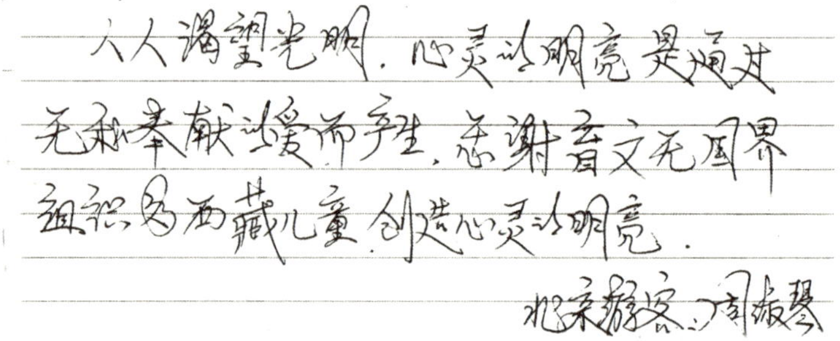
人人渴望光明，心灵的明亮是通过无私奉献的爱而产生，感谢盲文无国界组织为西藏儿童创造心灵的明亮。
北京游客，周淑琴

2007年7月26日

人人渴望光明，心灵的明亮是通过无私奉献的爱而产生，感谢“盲文无国界组织”为西藏儿童创造心灵的明亮。

北京游客. 周淑琴

This is an absolutely inspiring place the work you are doing here is fantastic. It is amazing that the vision of one person can help so many people. I am sure graduates from your school will make a great contribution.
Renee Robb, Ashley Milroy, Australia

毫无疑问这里是个很能鼓舞人心的地方。你的工作很有意义，一个盲人能帮助这么多人，这实在很让人惊叹。我相信从你们学校毕业的学生将来肯定会对社会作出很大的贡献。

（Renee Robb & Ashley Milroy，澳大利亚）

感谢Paul和Sabriye不远万里来到中国，帮助西藏盲童建立了这么温馨的盲童之家。

希望每一个到西藏旅游的同胞，在欣赏和带走美景的同时，留下我们的爱心、共同来关注西藏包括其他偏远地区的所有需要关爱的儿童。

也祝愿每一位学生能够健康快乐的成长，未来能够自力更生、幸福的生活！

中国.上海.

巫文珍.赵情芬.钱敏.李基文 沈源
张芸.姚骏.钱敏 于勤 缪歆炅

2008.10.13.

2010年10月13日

感谢Paul和Sabriye不远万里来到中国，帮助西藏盲童建立了这么温馨的盲童之家。

希望每一个到西藏旅游的同胞，在欣赏和带走美景的同时，留下我们的爱心，共同来关注西藏包括其他偏远地区的所有需要关爱的儿童。

也祝愿每一位学生能够健康快乐的成长，未来能够自力更生、幸福地生活！

（巫文珍、赵情芬、李基文、沈源、张芸、姚骏、钱敏、于勤、缪歆炅）中国.上海

2008年10月15日

我对学校里的老师和工作人员非常欣赏和佩服。他们努力的工作和学习证明了在有限的条件之下，也能够做出很多有意义的事情。

这学校是一个非常值得让生活在其他比较富裕城市里的人知道和学习的一个好榜样。也非常值得我们支持！

各位老师、同学，继续努力！加油！

（高永文医生、李翠云、黄汝璞、李姣恋、熊顺安）香港

2009年11月21日 星期六

昨天去了孤儿院，今天来到这里，两处都给了我很大的震撼，我体会到了他们的坚强、互助！他们酷爱学习，不懈追求。我认为他们需要的不是同情，而是一种认可、一视同仁的眼光。感谢尼玛的热情，希望孩子们都能好好地长大！

（白静静）

拉萨西藏盲童学校：

可爱的盲童孩子们：

你们好！

我是一名万科集团的老职员，今天再次来到拉萨，来到盲童学校，看到你们的学习条件、生活条件的不断改善，而深感欣慰。祝愿学校成长、兴盛。

祝愿孩子们成长快乐！

一个盲童孩子们的老朋友

朱震

2010年3月5日

2010年3月5日

拉萨西藏盲童学校，可爱的盲童孩子们：

你们好！我是一名万科集团的老职员，今天再次来到拉萨。来到盲童学校，看到你们的学习条件、生活条件的不断改善，而深感欣慰。祝愿学校成长、兴盛。祝愿孩子们成长快乐！

（一个盲童孩子们的老朋友）朱震

I am deeply touched by your passion, "vision", and the way to make dreams come true: Everything is possible. That alone unleashes enormous potential. If I can be of any help please don't hesitate to ask. Groetjes en liefs

info@carolinewamsteker.nl Caroline

我深深地被你们感动了，你们的热情、“视力”、还有你们实现梦想的方式。

只有在释放出自己巨大潜力的时候，一切才会皆有可能。

如果可以为你们做些什么，请务必告诉我。

（Caroline）

These days are special for me. Hear the blind singing.
Watch them crossing the street hand in hand.
Have dinner with them in a buffet.
BLIND IN EYES BUT BRIGHT IN HEART.
These kids have the world in their heart.
They sing the world. Sound of paradise. Pure.
They laugh the world. Fearless.
They hear the world.
They touch the world.
They "see" the world.
They create their own beautiful world.
The whole world is theirs.
They cannot see my face, but touch my heart instead.
Where is the love?
In their songs.
In their eyes.
In their smiles.
Love towards Life.

Sabriye and Paul,
thanks to your efforts, your courage, your care,
these kids can keep light in their heart.
And I am encouraged.

Yue Huang.

2010年8月18日
这些日子对我来说很特别：
听着盲童们唱歌，
看着他们手牵手地过马路，
和他们一起自己动手盛晚饭。
“他们眼睛虽然看不见，内心却是明亮的。”
世界就在他们的心里，
他们用天籁之音歌颂世界，
毫无畏惧地笑看世界。
他们倾听世界，触摸世界，感受世界，
创造属于他们自己的美丽世界。
世界就是他们的。
他们看不见我的脸，却能触摸我的心。
要问哪里有爱？
爱就在他们的歌声里，就在他们的眼睛里，
就在他们的笑容里。
爱在生命中。
Sabriye和Paul，
谢谢你们的努力、勇气、关心，
这些孩子的内心会永远一片光明，
我倍受激励。

（Huang Yue，上海）

爱心花絮

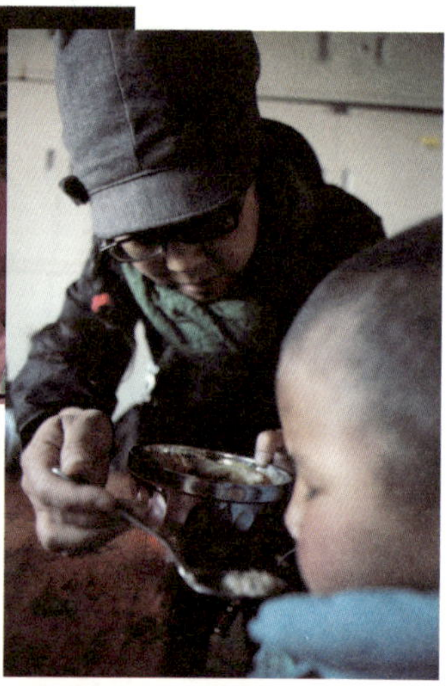

关爱盲童 共享温暖
国家电网
STATE GRID
爱心暖人间
光明照未来
慰 问 品

爱心花絮

阳光笑脸

阳光笑脸

HAOYE

采访手记

这是一次心灵洗礼的历程

当了近10年的记者，经历过不少大大小小的采访，但这一次，整个采访期间都一直被感动着，带着感动采访，带着感动写稿。但应车刚老师的要求用简单平实的话语来表达那些触动人心的故事。

希望平实的笔调没有削弱这些感动人心的故事。

车刚老师交给我这个选题应该是有“预谋”的，这是我这次采访后的体会。

几年前，车刚老师带我到盲校，说盲校是他追踪了多年的题材，后来盲校有什么活动他都会通知我去采访，很多发生在盲校的事我都是亲历者，比如王石、周建松的到访，薛宝中、闫凤清等人的善举等等。因为熟悉了，吉啦、旦增等盲校的孩子也把我当成了叔叔。

突然有一天，车刚老师说：“你有没有兴趣讲一些故事给大家听？”就是现在的这本书。

我一听来了兴致，几年来发生在盲校的一幕幕在心里闪现，忽然觉得这些故事写出来确实是一本好书，它是盲校的发展历程，是盲校孩子们成长的足迹，是那些关注和支持盲校的爱心人士爱的见证，也是对所有关心和支持盲校的人的回报……

深入采访时才知道，几年来我断断续续地对盲校的了解，只是一些皮毛，真正让人感动的事是我一步步挖掘出来的。

萨布利亚，一位外国盲人，在那么艰苦的条件下，让西藏盲童学校一步步走上正轨，她的成就不仅仅是发明了藏语盲文，重要的是她的教学理念，她为西藏盲童打造的学习和成长的天堂。而她还总是谦逊地强调，“盲校的成功不是我一个人的功劳，除了中国西藏当地政府的支持，还有像保罗、车刚、旺青格烈、车仁、王石、周建松等等，还有我们学校的老师、志愿者们共同努力的结果。我只是一个发起者而已。”这就是萨布利亚的人格魅力所在，参与西藏盲童学校爱心接力的人，很多都是在她的精神感召下加入的。

旺青格烈，自治区残联党组书记、副理事长，不管学校有什么事，只要有需要，他都会及时地出现在现场。

车仁·晋美旺秋，援助西藏发展基金会副秘书长，他把援助西藏发展基金会的300亩土地无偿借给盲校使用，而且承诺只要盲校需要，可以无限期地使用下去。

盲校的老师们，像阿珍、拉珍、阿妈益西啦、罗珍和她的妈妈次仁卓玛、嘎玛曲珍、阿旺和琼啦、仓木决、迈克，他们都是优秀的老师。他们没有钱，但他们都有一颗滚烫的爱心。

罗珍和她的妈妈次仁卓玛，为了让孩子们有个落脚之处，她们把自己的家变成了学校；

阿珍把自己的家当成盲校全体师生的后勤部；

阿妈益西啦说：“一个外国人能为我们的孩子做那么多，我为什么不能？我虽说没有钱，但我有一颗滚烫的爱心。”

拉珍和嘎玛曲珍把盲校所有的孩子当成自己的孩子；

阿旺和琼啦放弃自己收入不错的生意，10多年甘于学校的清贫；

仓木决，冲破家庭的阻力，勇敢地嫁给了盲人罗布；

迈克，一位经常穷得身上连10块钱都没有的加拿大人，却把自己每月的退休金全部捐给了盲校；

……

此书快要截稿时，保罗从国外回到了拉萨，吉啦在向保罗汇报工作时，把八万字错误地翻译成了八百万字，惊讶得保罗夸张地张大嘴巴，然后问吉啦是不是八万字。核实后保罗对身旁的车刚说：“那我就把八百万个谢谢送给车刚老师您，这么多年您为盲校和孩子们做了那么多，用八百万个感谢来表达对您的谢意都不为过。”

这就是保罗和萨布利亚常说的感恩，所以保罗也时常不忘感恩，哪怕是为了孩子们而感恩。

让我感动的还有那些在盲校健康成长的孩子们。他们的乐观、开朗、自信，对生活充满了向往和梦想，办盲童幼儿园、办盲人图书馆、当歌唱家、当一名导游……这些五彩斑斓的梦想让生活中的很多正常人汗颜，而他们的出发点很简单，有所成就，回报社会。

最让我感动的是那些不知名的老阿爸、老阿妈们，他们对盲童的关爱表现在最朴实的举动上，善心、善举，他们觉得那是他们应该做的事，所以不愿意留下姓名。他们有时送一袋大米，有时送一袋面粉，有时送一桶食用油，涓涓细流，汇聚成河，就是这些老人们的善举，让西藏盲童学校常年不用购买大米、面粉和食用油。

这个用爱心汇成的河流每天都有新的爱心注入，很遗憾，很多不愿留下姓名的人没能收录此书，但他们都还在为盲童、为盲校默默地奉献着。

让我们一起感谢他们，祝福他们。

相信会有更多的人在爱的感召下加入为盲童、为盲校献爱心的行列，相信西藏的盲童和西藏盲童学校会越来越好，也相信会有更多的盲童走进这里，并从这里走出去，实现自己的人生价值。

后　记

从1998年的一个充满阳光的午后，我走进拉萨市江苏路朗顿巷10号小院，与萨布利亚、保罗和盲童们相识结缘，至今已经有十二年了。能为盲校出点力做点事，是我一生中最有意义、最值得骄傲的精神财富，那财富是萨布利亚、保罗还有那些心中充满阳光的盲童们给予我的。

我是个职业摄影师，能走进盲童们的生活是我的运气。刚开始，只是想拍个专题，从视角上总想夸张盲童们的缺欠，时间一长，与盲童们成了朋友，发现他们虽患有眼疾，但内心善良、阳光、充满美好梦想。从那以后，我开始用相机去赞美盲童美丽而阳光的心灵。

我成功了，不仅仅是摄影的成功。

我的朋友来自全国各地，他们到了拉萨，我都会给他们讲盲校的故事，感兴趣的我就带他们去盲校看看。王石、连辑、裘山山、周建松、张朝阳、王秋扬、孙冕、曹小竹、王悦、高琴、文莉、王建军、李冰冰、王宏伟等等一大批企业家、作家、摄影家、艺术家等各界人士，走进盲校，走近盲童。他们又带来了身边的朋友，给予了盲校更多的支持，给予了盲童们更多的关爱。这也就印证了萨布利亚常说的一句话西藏盲童学校能有今天的成就，是全社会所有爱心人士共同关爱的结果。

2010年6月，法尔胜泓昇集团董事局周建松主席一行到西藏进行摄影采风创作，我有幸陪同。闲聊时谈起了盲校，周建松主席听后很兴奋，他说他的企业为赈灾、为扶贫、为教育捐过很多善款，但他最感兴趣的还是为盲人做点事情，因为他本人是高度近视，近乎是盲人，让我一定带他去盲校看看。

在盲校，周建松主席马上决定要为盲校做些事情，并征求我的意见看看做些什么好。我告诉周建松主席，盲校里无论是创办者萨布利亚，还是管理者保罗，还有盲童们每个人都有非常感人的故事，加上我又有跟踪拍摄了十多年的图片资料，如果能出一本图文并茂的书，一是可以让更多的人了解盲校；二是把书捐给盲校，售书的全部收入留作盲校发展用。周建松主席很赞同我的建议，马上决定只要把书出好，经费不封顶。

这本书的采写和出版得到了许多朋友的大力支持。西藏商报的文体副刊编辑部副主任刘峥，利用节假日时间四处奔走采访，并承诺此书不要稿费，纯为献爱心，还表示能为盲校付出些辛苦，是一大幸福和快乐。

我又找了去过盲校的摄影师，请求图片支持，摄影家李泛、蔡辉、杨耀明、史根平、吕宇理、刘斌、胡子豪、赵关深、娄勇智等无一不慷慨相助。

万科集团公司丁福源书记听说此事后，专门安排会议，把大家拍的盲校照片组织起来并刻成光盘发了过来。

西藏文联对此书也十分关注。西藏自治区党委宣传部副部长、自治区文联党组书记、副主席沈开运认真审定书稿；西藏自治区残联党组书记、副理事长旺青格烈对此书的采写给予了大力支持。

曾经为西藏盲童学校进行免费电路改造做了大量协调工作的国网西藏公司的陈宁华女士，也对书稿加以润色。

在此，本人代表盲校全体师生深表谢意。

但愿此书能让更多的人了解西藏盲童的学习生活，了解他们充满阳光的心灵世界，了解他们在黑暗中追逐阳光的梦想。

车　刚

2011年4月10日

图书在版编目（CIP）数据

西藏盲童之光 / 刘峥著. -- 北京 ：五洲传播出版社 2011.5
ISBN 978-7-5085-2111-4

Ⅰ. ①西… Ⅱ. ①刘… Ⅲ. ①纪实文学－作品集－中国－当代 Ⅳ. ①I25

中国版本图书馆 CIP 数据核字(2011)第 075528 号

西藏盲童之光

总 策 划：沈开运　周建松
出 品 人：周建松
撰　　稿：刘　峥
摄　　影：车　刚　周建松　王　石　PAUL　文　莉　李　泛　徐　勇　史根平　吕宇理　王进红　陆雪娇　胡子豪　觉　果　娄勇智　刘　斌　赵关深　车　鸣　丁福源　解　冻　李津京　蔡　辉　杨耀明　彭学运　朗　加　何见远　刘冀民　周　慧　郭泽君　戴玉华　吴明科　丁　宇　杨贤飞
责任编辑：许冬梅
图片编辑：车　刚
装帧设计：王进红　陈　澄
藏文书名：拉巴次仁
英文翻译：陆雪娇
校　　对：许文彬
出版发行：五洲传播出版社
地　　址：北京市北三环中路 31 号凯奇大厦 7 层
邮政编码：100088
电　　话：010-82002803　82000308
传　　真：010-82005975
印　　刷：北京嘉彩印刷有限公司
开　　本：787×1092　1/16
印　　张：15.75
印　　数：1-15000
版　　次：2011 年 5 月第 1 版　2011 年 5 月第 1 次印刷
定　　价：79.90 元